D − day

지혜사랑 301

D-day

백지 외

지혜

『D-day』를 펴내면서

2025년, 애지문학회 제19집인『D-day』를 펴낸다.

언어의 향기는 시의 향기이고, 시의 향기는 인간의 향기이다. '애지의 이름'으로 '언어의 꽃'이 활짝 피니 온 우주가 다 환하고, 모든 만물들이 조화를 이룬다.

『D-day』—, 우리 '애지의 공화국'에서 새해 첫날의 첫 기적처럼 우리 한국어와 우리 한국인들이 영광이 펼쳐지기를 기다릴뿐이다.

2025년 푸른 봄날에…

차례

2부

3부

초대시인

반경환 명시감상

- **일러두기**

  페이지의 첫줄이 연과 연 사이의 띄어쓰기 줄에 해당할 경우 >로 표
  시합니다.

1부

겨울 청소부 외 1편

김 평 엽

시베리아 원목 냄새로 바람이 분다
영공을 지나 거리로 몰린다
저녁처럼 흘러나온 사람은
귀가하지 않고
탄불 위에 질긴 살점 굽는다
그리고 침묵을 마신다
북극발 선전포고 때문일까
뼈 없는 이야기를 소금에 찍어 먹는다
술은 다시 채워지고
술잔 속에 술잔이 있는 걸
깨닫는다
휘핑크림처럼 하얀 저녁
낙엽으로 열반한 사람이
무심히 고독의 중심 옮기고 있다

예가체프를 볶는 오후

가창오리가 노을을 점화하는 저녁
슬픔을 밀매하던 나는,
실뱅테송*의 감옥에 있다
난로에 불을 지피면 따뜻해지는 침묵
자학이 옷을 입고 타오른다
남은 비애도 난로에 던진다
소인 없이 반송된, 새삼 그 옛날
어쩌겠는가 문 앞에 쌓인 발자국
그 많은 기다림은 어디 갔을까
정지된 하늘에서 새들 떨어지고
나는 피의자로 커피를 마신다
사랑한다는, 이 명제는 참이었을까

* 극한의 여행작가

김평엽   2003년 『애지』 등단. 임화문학상(2007), 교원문학상(2009). 시집 『미루나무 꼭대기에 조각구름 걸려있네』, 『노을 속에 집을 짓다』, 『박쥐우산을 든 남자』.

동동주 외 1편

강 익 수

아버지와 우시장에 갔다 온 어미 소가 울고 있었다
할 수 있는 게 우는 것밖에 없다는 듯 목 놓아 울고 있었다
큰 눈망울이 젖어 있었다
어느 낯선 집에서 송아지도 울고 있었을 것이다
주춤주춤 뛰어보기도 하면서 젖어 갔을 것이다

말없이 저녁 식사를 하고
숙제는 하는 둥 마는 둥 하다가
아무리 밀려와도 빈자리 하나 메우지 못하는 어둠을 만지
작거리다가
그예 나는 아버지가 드시던 동동주를 몰래 퍼가서
여물통에 가만히 넣어 주었다

뿔의 전언

제멋대로 자라지 못하고 잘리거나 녹아버린
뿔의 아픔을 가지고도 순종하는 너를 보면
일기만으로 저항의 상징이 된 이국의 소녀가 떠오른다

약탈과 상실의 관계가 반복되어
무심한 습관은 관습이 되듯
애초에 나의 몫이 아니었건만
아침에 일어나기 전 출근하듯 내게로 온다

겨우 표정을 감춘 물의 몸짓인가
일터로 가는 어머니를 대신하여
아이를 키우며 엎질러진 물의 기회를 노린다

대기의 무게가 자리바꿈을 하여도
나는 풍요로운 봄날을 즐길 뿐
너는 푸른 초원에서 점점 밀려나고
글썽한 뿌리만 너의 이빨을 기억한다

온기를 잃고 차갑거나 다시 따뜻해지는
뿌연 상처와 상실을 마시며
뿔의 아픔과 잘려 나간 자유에 대해
일말의 양심이거나 지속되는 야욕

그 중간쯤에서 서성일 때가 있다
그도 잠시 밀려나지 않기 위해
미래 따윈 보다 먼 미래에 맡긴다

네가 두고 간 종이와 유리병이 일기장처럼 남았지만
기한이 지난 떠도는 일기장을 향한 관심은 손가락 밖에
있다
무리가 늘어날수록 서서히 쌓여가는 지층의 힘으로
종이와 유리병이 일제히 일어설 때쯤이면
무용한 너의 뿔은 퇴화하고
사람은 엉덩이에 뿔 하나 가질 수 있겠다

강익수 울산 출생. 2021년『애지』로 등단. 시집『호수의 책』, 애지문학
      회, 글벗문학회, 시산맥 회원.

흘러내림의 디엔에이

조 숙 진

주근깨 속에 묻힌 네 눈은 한없이 소심해지고
내리는 눈에 가려 더욱 위축되었다

고무줄 같은 헐렁한 잣대로
쉽게 버림받았다는 대물림의 기억이
해이해진 입술까지 흘러내리자
순식간에 콧속으로 당겨 감춘다

밀려왔다 사라지는 물결이 흔드는 대로
출렁이는 몸은 육지에서도 그네를 탔지

모로 누운 허연 배 위로 눈발이 부풀면
굽은 고무장갑에 낚인 물컹한 감촉
무쇠 칼로 휘저은 찬바람에
주르륵, 토막 난 냉기가 검정 봉지에 빨려든다

본명도 헷갈리는 많은 이름이
풀어져 솥 안에서 떴다 가라앉고
뼈대 있는 물메기의 뿌리를 찾아
흐릿한 수증기 속을 헤맨다

치근대지 않는 맑고 달큼한 맛이

온몸 구석구석에서 흘러내림은 네 내림의 흔적
더없이 밖으로 스며들기 딱 좋은 DNA야

찬바람에 절인 생 덕지덕지 붙은 문풍지를 풀어내어
뜨거운 국물 후루룩 입안으로 빨려들면
운 좋은 어느 일꾼의 근심은 밀려나고
두둑하니 뱃심이 살아나지

너도 나도
작은 눈이 더없이 환해진다

조숙진　전북 남원 출생. 2023년 계간 시전문지 『애지』로 등단. 시집 『우
리, 구면이지요?』.

마이너리티 외 1편

성 재 봉

시든 꽃, 뱀 한 마리 가을산을 오르고 있다
관절이 꺾인 가지가 날선 바람에 쫓기듯
기울어진 산을 오른다

그의 근원은 태초의 바위가 뿌리내린
차갑고 음습한 흙덩어리, 징그러운 모태신앙이
싹틔운 창조주를 향한 경외이다

조상의 배교로 두 동강 난 머리는
천년 후 가을을 피로 물들이고
신을 항명한 죄로 갈라진 혀는 위선의 도구가 되고 말았지

고독蠱毒으로 고독孤獨을 품고
독이 스민 쓸개는 함께를 망각하여 몸뚱이를 길게만 늘
어뜨렸다

밤이슬에 몸을 적시고 오미자 열매를 짓이겨 삼켜도
말라비틀어진 비늘, 마른 독새풀 같은 두 눈

바위에게 조차 가을은 말을 걸었지
··· *나는* ······

>
바위를 칭칭 감아 갈라진 혀로 침묵을 핥았지
돌아온 건 원죄가 각인된 화석의 돌팔매질 뿐
긴 몸을 꿈틀거릴 때마다 소실되어가는 구원

허공을 마주한 오래된 벼랑 끝
시간의 틈에서 흩어진 폭포처럼 떨어지는 절망들

몸을 던진다
허공을 찢으며 튀어오른 경외의 파편들
박명의 서쪽 하늘 끝
잠시 반짝이는 별

아무도 보지 못했다.

불맛

(인간은 불을 소유한 자들에게 지배당하였다)

지난밤 전투는 자작나무를 붉게 물들였다
요동 땅을 밟은 대왕은 희푸른 눈雪에 무뎌진 칼을 갈았다
차가운 명왕성의 불기운을 불러와 언 빗돌에 화火자를 새
겨 넣었다
자작나무의 불은 꺼지지 않고 계속 타올랐다

병자년의 난은 끝이 났다
인자한 왕은 오랑캐 수장에게 세 번 절하고 아홉 번 예를
바쳤다
남한산성의 도야지들은 배고픈 십자가에 매달려 화형을
당하였다
노을은 무너지고 한강의 얼음이 풀렸다

(지금도 불의 지배는 계속되고 있다)

청파동 골목 끝 적산가옥을 개조한 오성반점
언제 갈아입었는지도 모르는 낡은 작업복
날아간 단추로 부풀어 오른 배꼽 냄새가 춘장 대신 눈인
사를 건넵니다

>

　그냥 뭐 대충 손목 스냅으로 휙휙, 별거 없어요 문제는 화력이거든 쫙쫙 갈라진 거북손으로 불을 지핍니다
　장팔사모를 들어 올린 기운으로 거대한 웍은 달궈집니다
　숭덩숭덩 썰어 놓은 야채들 달달 볶아진 웍은 검은 화장터, 벌겋게 타올라 천국으로 인도하리라

　줄지어 서있는 군중의 무리, 들라크루아의 '민중을 이끄는 자유의 여신'에 나오는 소년의 표정이군요

　잘게 잘려 나간 도야지의 붉은 살점, 바다를 썰어 담은 오징어의 검은 눈물, 배멀미로 탄력을 잃은 등굽은 새우, 필리핀에 두고 온 근육을 찾아 밀항을 꿈꾸는 목이 긴 닭의 가벼움까지…

　발골한 돼지 뼛국물이 투하되고 멕시코에서 공수해 온 하바네로의 타는 듯한 목마름에 더하여 이마를 스쳐 볼태기를 타고 떨어지는 육수 두어 방울이면 불맛이 완성됩니다.

성재봉　경남 창녕 출생. 2024년 『애지』 신인문학상 등단. 풀꽃시문학회 회원.

담금질하다 외 1편

이 병 연

비가 작심을 했다

때를 기다린 듯
수직으로 내리꽂으며 사선으로 옆구리를 찬다

잎이 놀라 몸을 움츠리고
중심을 잃고 비틀대다
비수처럼 꽂히는 빗줄기를 튕겨낸다

잎맥을 키워준 햇살은 어디에도 보이지 않고
천지를 호령하는 빗속
오그라든 심지를 돋우어야 할 때

잊고 지낸 것이 많다는 것을 깨달은 것도
앞으로 나가는 발판도 어둠 속

내리붓는 여름비에
무른 근육을 다지고 있다

몰아치는 비의 늪에서
잎은 어둠을 빛으로 읽는 중이다

탈곡하다

탈곡기로 **빨려** 들어간 콩대
잘린 콩대와 잎들이 튕겨 나간다
바스러진 것들은 아예 허공을 날고 있다

바닥으로 떨어진 콩은
미끄럼을 타고 자루 안으로 들어간다
탈곡기 주변으로 떨어진 콩들도
자루 안으로 모셔진다

바싹 마른 콩대와 잎들은
할 일을 마치고 손을 털며 돌아가고
무거운 것만 남는다

남거나 남겨진다는 것
아직 할 일이 남아 있다는 것
떠나지 못한 것들을
사랑해야 하는 이유를 알겠다

가벼워지면 떠나거나 떠나보내고
남은 것들은
새로운 길을 간다

이병연 공주사대 국어교육과 졸업, 공주대 문학석사. 2016년 계간지『시
세계』신인문학상 등단. 2021 제16회 한국창작문학상 대상 수
상. 시집『꽃이 보이는 날』, 『적막은 새로운 길을 낸다』, 『바위
를 낚다』.

무국적자 외 1편

최 병 근

파도는 떠나는 쪽이 나을까
아무 데도 속할 수 없는 무국적자는
가방 하나 갖고 오지 못해 거품으로 입국했다
떠나야 한다고 앞을 보며 뒷걸음질친다 이곳은 아니라고
뒤로 물러나면서도 어른거리는 지상의 꿈을 생각한다

부딪히는 소리에 지배당한 오후
육지의 소음은 파도가 잡아먹고
오열하는 그의 소리가 거칠게 멀어진다
파도에게서 길을 찾는 일이란 어려운 일이다

이토록 넓고 깊은 냉혈을 이해하는가
오래도록 떠돌던 마음의 국경을 바다는 아는가
바다는 무국적자의 아버지
딸은 아버지를 떠나려 하고 아버지의 부름에
다시 바다로 돌아가는 신화를 알게 된다

미성은 없다 그리워하다 돌아버린 여인의 간곡한 부탁이
있을 뿐
그녀는 신음도 괴성도 아닌 그 자체로 폭발하고 메아리
쳐 돌아오고
머물고 싶은 파도는 몸을 내던져 창문을 두드린다

>
떠나야 한다, 아니, 가야 한다 뭍으로
불법체류자가 된 몸을 숨기지 않고
넘어지고 일어나고 반복 또 반복된 음악은 도돌이 음계
였다

무국적자라는 이름으로 허용되는 반항의 시간

느티나무가 있는 풍경

간판 없는 공장은 그의 1인 놀이터였다

수령 오백 년 보호수 발치에
기와 정자 하나 빈 채로 앉아 있었다

나는 그 주름진 나무 옆구리에 붙어 있는
볼트 공장 사장을 만나
담배 한 대 피우고 싶었을 뿐이었다

한 치 오차 없이 여름을 깎아
가을의 힘줄을 한껏 조여야 할 그의

볼트

이순에 늦장가 들어 세 살 딸아이를 둔 그는
나무 그늘을 나이테처럼 둥글게
둥글게 땀 흘려 깎고 있었다

그와, 그의 필리핀 아내와
저녁이 여전히 무서운 딸아이

웃음만으로 세상이 어찌 환해질 수 있겠는가

>
나는 처음 보았다
느티나무가 수만의 푸른 눈동자로
그의 볼트 공장 지붕 그늘을 완성한
한여름 그 오후를

최병근 충남 보령 출생. 2020년『애지』로 등단. 시집『바람의 지휘자』,
        『말의 활주로』,『먼지』등.

남태령 대첩 외 1편

김 정 원

전남, 경남 농민들이 평균 시속 20km로 붉은 트랙터를 몰고 상경 시위를 시작했다

'윤석열 체포 구속', '우리는 모두 농민의 자식이다'라는 펼침막을 엿새 동안 휘날리며 우금티, 남태령 마루에 이르렀다

1894년 11월 왜경倭警이 그랬듯, 뜬금없이 경찰이 버스를 널어놓고 한길을 가로막았다

2024년 12월 21일 한밤은 숯이고 삭풍은 칼인데, 농민들이 외롭게 싸우고 있었다

1980년 5월 광주가 낳은 민주와 평화의 손녀 손자가 비둘기 떼처럼 몰려와 밤새 응원봉을 흔들었다

농민들과 김밥, 핫팩, 커피를 나누며 '차 빼'라는 외침으로 새벽을 깨웠던

2030 세대는 '민주주의는 당연한 향유가 아니라 기성세대가 피 흘려 쟁취한 가치'임을 깨달았고, 기성세대는 '2030 세대가 갸륵하고 밝은 희망'임을 확신했다

>

기성세대와 2030 세대가 사랑과 존경으로 한강 다리가
되어 소통하고 연대한 것이야말로 참다운 남태령 대첩 아
닌가!

갑오년 동학농민혁명군이 130년 만에 부활하여 원대한
꿈을 이룬 갑진년 22일

전봉준 투쟁단이 가슴 뭉클하게 남태령을 넘어 한남동 내
란 우두머리에게 거침없이 내달렸다

검은 도로

점호 시간, 이등병 관물대처럼 가지런하고
성인 신장보다 더 높게 차곡차곡 쌓은

폐지가 빛 한줄기 샐 틈도 없이 가려
밀고 가는 수레 한 치 앞이 안 보인다

메똥 봉분만 한 폐지로는
가면 갈수록 할아버지 앞길이 어두워진다

수레가 할아버지를 끌면 망둥어 눈같이 붉거진
핏줄이 종아리 아래로 뿌리 뻗어가는 헤름참

비지땀 차서 솔찬히 미끄러운 고무신 벗겨지게
가까스로 생존을 버티는 깔끄막인데

폐지는 무겁고
지폐는 가볍다

김정원   전남 담양 출생. 2006년 『애지』 등단. 시집 『아심찬하게』 외 다
수. 수주문학상 등 수상. 영문학박사.

32

사이시옷 외 1편

박 설 하

초가집이 기와집으로 바뀌었다
외갓집에선 누구도 돌아가시지 않았다
큰외삼촌 밥그릇은 슬그머니 밥상에서 사라졌고
이모들은 시집을 갔다
독상을 받은 외할아버지는
귀퉁이에 앉은 외할머니를 타박하곤 했다
까딱거리는 발가락 습성을 할머니가
개다리소반 밑으로 숨기지 못해서

기찻길을 따라 오일장에 다녔다
큰외삼촌을 떠도는 뜬소문은
人으로 갈래지는 길목에서
다가섰다 멀어지곤 했다

흐린 샛길은
슬금슬금 징검다리를 건너
오일장처럼 돌아왔다 돌아갔다
외할머니의 발가락이 치마 밖으로 나와도
외할아버지의 목청은 더 이상 대추나무를 흔들지 않았다

모든 날이 나쁘진 않았다
외갓집 가는 갈래길은

여전히 기찻길에 걸쳐진 시옷

그땐 논문서 날린 놈이 많았지
어쨌든 돌아오긴 했잖아

흙 장화를 벗으며
외삼촌이 희끗희끗하게 말했다

숲, 드라마 숲

나란히 앉아 드라마를 보는 일은 얼마나 드라마틱한가

반쯤 눈을 감고 의자가 비스듬해질 때 너의 발을 지긋 밟았다 찡그리다 고요해진 네게 수요일을 흘려보내는 지금, 밤하늘의 트럼펫이 초승을 불러내고 벽에서 벽으로 건너가는 변주곡들 사랑과 슬픔의 볼레로가 한 페이지씩 스텝을 넘기고

웃는 사람에게도
훌쩍이는 사람에게도
깍지를 낀 사람에게도
일곱 시 너머로 방류되는 숲 오케스트라
맞닿거나 멀어질 때도
엔딩은 머뭇거리지 않았다

눈을 감았던
눈을 감지 않았던
트럼펫 오보에, 클라리넷 심지어 심벌즈
덤불로 껴안은 노래

나무의자에 아무렇게나 걸터앉은 사람의 숲
어깨를 툭 건드린다

나이테가 나이테에게 건네주는 음률

다음 주엔 드라마 숲이 부는 현악기를 빌려드리겠습니다

박설하   2022년 『애지』 등단. 시집 『화요일의 목록』.

人 외 1편

김 길 중

점심때 지나
노부부가 곰탕집으로 들어선다

할아버지가
햇살 드는 창가 쪽 테이블로 가더니
의자를 빼주자 할머니가 당연하다는 듯 앉는다

김이 모락거리는 곰탕이 나오고
할아버지는 곰탕을 뜨면서도 연신 할머니를 바라본다

먼저 수저를 놓은 할아버지가
할머니의 곰탕 뚝배기를 두 손으로 기울이자
이번에도 당연하다는 듯 할머니는 마지막 국물까지 퍼 드
신다

할아버지가 평생 받아온 기울임을
이제는 되돌려 주는 모양이다

곰탕 그릇을 깨끗이 비우고
노부부가 한 사람처럼 곰탕집을 나간다

사람 人자가 보인다

심줄

묶여있던 시간에서 풀린 것처럼
세월의 외곽을 뚫고 나온 것처럼 고집스러워 보이는
나무뿌리에 걸려 넘어졌다

이 뿌리는
어릴 적 본 아버지 팔뚝의 힘줄 같고
시장 통 노파의 손등에 불거진 검붉은 핏줄 같다

생의 언저리에서 생긴 질김으로
구불구불해진 저 뿌리에 걸려 넘어졌으니
탓할 일은 아니다

땅을 박차고 나와
무뚝뚝하게 뻗어나간 것이
문득 한 나무를 끌고 가는 고집스런 줏대 같아

내게도 삶이 몸살에 걸려 넘어졌을 때
나를 끌고 가는 고래심줄 같은 게 있었으면 싶어진다

심줄은 질겨야 제맛이라고
아주 질기고 질긴

김길중   2023년 『애지』로 등단.

2부

내 손안에 캔디 _{외 1편}

김 혁 분

밀은 잘 자랐다
밀밭에 숨은 토끼는 몇 마리일까

발톱을 세운다
밀밭을 달리는 놈의 숨줄을 잡고 등짝을 꽉

착지 전 날개는
접을 때를 잘 정해야 해

　두 눈을 크게 뜨고 욤욤욤 밀밭 귀퉁이를 갉아먹는 쥐새
끼는 밀어놓고 저 방정맞은 고라니는 제쳐놓고 눈이 붉은
흰 토끼를 잡아채는 거야, 모눈종이처럼 촘촘한 밀밭 속을
헤치고 다니는 솜털 뽀얀 토끼 등짝에 좌표를 찍는다 쪼아
먹을 하얀 솜사탕

　(내 손을 벗어날 수 있겠니?)

　날개를 접고 조심조심 놈의 무게를 가늠하며
　코끼리처럼 든든한 토끼 한 마리를 낚아 날아오르는 거지

　활짝

　물결치는 황금 밀밭 위를 행글라이더처럼

광복절에 태극기는 꼭 달아 주세요

아들, 아들이라고

둥근 세상 밖으로 날아라
어머니는
장대 끝에 태극기처럼 나를 내달았다

오늘은 광복절
할머니 치하에서 풀려난 어머니의 해방일

지친 어머니를 딛고 담을 넘었을 내 첫울음처럼
장마당에 울려 퍼지던 우레 같던 소리처럼

만세야 만세
사대 독자 집안에 누나 셋을 밀어내고 계보를 이은
내 이름 만세를 부른다

자랑으로 어머니가 부르고 내가 외쳐
골목 가득 휘달리는 만세 소리

대관람차처럼 빙글빙글 돌아온 내 생일날
경축 행사를 생중계로 풀어 놓는다

태극기 휘날리며

김혁분   2007년 『애지』 등단. 시집 『목욕탕에는 국어사전이 없다』, 『식
물성의 수다』.

미스터리 심장 외 1편

허 이 서

우주의 사거리였을까요
남베트남 불교 탄압에 맞서
하늘에 몸을 태워 올린 스님을 아시는지요
불에 타들어가는 몸을 곧추세우며
활활 온몸으로 끓였던 기도
마침내 살아난 자리
그의 심장은 타지 않았습니다

전쟁과 억압을 아우르는 등신불
미스터리가 되어 지구 곳곳을 걸어 다녔습니다

수억 년의 이야기가 다녀갔을 타지 않은 심장은
우주의 어딘가에서 중생을 기다릴 겁니다
그날 그가 전한 말을 들었던 사람은
까마득한 교차로에서 난생처음 성불이 됩니다

고장난 심장

주유소 입구마다 리터당 가격을 적어 놓은 입간판들이
그날그날의 기분처럼 서있다
숫자가 수시로 바뀌지만 사람들은
계기판에 빨간 불이 들어오기 무섭게 가까운 주유소를 찾
는다
쓰고 채우고 또 쓰고 채우는 텅 빈 반복
그렇게 반복하다 50대가 되었다
처음엔 가성비 좋은 20대와 30대였는데
이젠 잔 고장에 시달리고 힘이 부족한 직전이 되었다
퇴출이 되지 않기 위해 병원에 간다
아무리 돈을 들어부어도 고칠 수 없다는 의사의 말에 서
러운데
고향친구의 갑작스런 부고가 온다

노후된 심장이 슬픔도 빨아먹었는지 그저 무덤덤하기만
하다

허이서　충북 옥천 출생. 2022년 계간 『애지』 가을호 등단.

눈보라 속을 걷다 외 1편

이 희 석

내가 뱉었던 말들이 눈이 되어 내게로 오고 있다
바람을 등지고 온다
술 취한 사내처럼 비틀비틀 온다

죽은 척 떨어지다가
영하 십이 도를 목도리 사이로 쑥 들이민다

호숫가 물 위에 세워진 산책로
발아래 쌓인 눈들이 우두둑 뼈마디 부러지는 소리를 낸다
철골 위에 깔아놓은 목판들이
끄윽 끅 허리 앓는 소리를 낸다

호수 건너편에서 낯익은 사내가 내 쪽을 보며
뭐라 뭐라 말하는 듯 입을 움직이고 있다
들리지 않지만 뭔 소린지 알 것 같다
나도 그를 바라보며 작은 소리로 말을 건넨다
그가 손을 슬쩍 올렸다 내린다

조각난 나이테들로 가득한 이 둘레 길의 한 바퀴는 나무
의 몇 년일까?
호수 이편의 나와 건너편의 나 사이엔 몇 년이 있을까?

>
바람 분다
눈발이 휘날린다

돌아가고 싶다
돌아가고 싶지 않다

얼음 속에 물결의 흔적이 어지럽다
윤슬이 얼음 아래서 반짝인다

당분간 풀리지 않을 얼음 아래
서로 꼭 껴안고 있는
공기 방울들이
다음 순간을 기다리고 있다

스물네 명의 당신이 있는 카페

테이블이 열 개, 의자가 열여섯 개인 그 카페에는
언제나 스물네 명의 당신이 있다

창가 쪽 의자에 앉아 있던 나의 앞에
당신이 앉았을 때
내 눈이 머문 곳은 스트레이트 파마머리

피아노 앞 의자에 앉아 있던 당신의
뒤쪽으로 지나면서
내 눈이 본 곳은 어깨 아래 얼핏 그 속내

처음 당신이 문을 열고 두리번거릴 때
훅 끼치던 라일락 향기

의자가 하나인 탁자에서 당신은 무슨 메모를 하고 있고
긴 생머리는 어깨를 덮고

해바라기 아래 탁자의 귀퉁이를 깨뜨린 것은
당신이 떨어뜨린 휴대전화
지나가는 당신의 스타킹을 찢은 것은
어항 옆 의자 다리에 솟아있던 작은 가시

>
테이블에 의자 두 개인 곳에서 당신이 둘
의자가 네 개인 곳에서 당신은 셋

의자 없는 테이블에는
당신이 또 당신이 그리고 당신들이

이희석　2024년 『애지』로 등단.

48

또 가을이라는 긴 인사 외 1편

김 명 이

해를 지워가는 갈참나무 잎 고인다 젖은 소리로

술 취한 큰 발에 호롱불이 넘어지고 어린 너가 있다
성장할수록 비대칭 기울기를 갖게 된
몸속에 새겨진 갈빛 화인을 들켰을 때 웃을 수 있니
총명한 아이가 감정 풍부한 소녀가
요절가수 노래 좀 부르지 마라니까
선아! 아직 너의 이름이 뚜렷한 계절이다

창구에 앉아 짓무르도록 헤아리던 자본주의
무조건 상냥해야 얇아도 월급봉투 쥐었다
습관적으로 손을 주무르던 해바라기야
숨쉬기 운동이 필요하다고
산정 극기훈련은 너의 심장을 거둬갔다
선아! 천사의 미소를 허락하지 않는 너의 신께 미움이 박
힌 걸까

선생님 지시봉이 누군가를 노릴 때 시 한 편 단번에 외웠다
내포한 뜻과 상관없이 족속이란 시어가 싫었어
함부로 대하는 단어 같았거든
마른 가지일지도 모를 관의 허물들
웃음과 울음의 중간을 생각하다 썩소라 하나

선애야! 의미 없는 생 알아차려 사슴 눈망울 일찍 감아버렸니

또 한 뭉치의 우울을 던진다
J군! 썩은 오일 뒤집어쓰고 후려치는 수리비 받을 때인지
격한 온도 상승으로 입가에 거품 물고 더러워
엔진에 날개를 달아 훌쩍 탈출하겠다더니
부쩍 바깥은 자네 눈이 부릅뜨던 약아빠진 자의 논리들
남은 자의 시간은 휩쓸려간 회오리 물살 같아 숨막힌다

겹겹의 낙엽 위치가 없는 낙엽 이름을 지우는 낙엽
끝난 줄 알았던 긴 이별의 시간 병증으로 되돌아와 있다
둑 안에 차 있어 떠도는 걸까
터져야 말라버릴까
기억은 흐려지고 추억으로 결리는 날들
낙엽이 스며들어 흙으로 사라질 때까지 견뎌야 한다

차가운 가을 꽃잎 몇 장 사랑할 때가 되었다

반갑지 않아도
맞이하는 손님처럼

옷을 벗고 있는
메타세쿼이아 가로수 길
길섶에 닿는 바람에
귀 기울이는 네 모습
소리 내지 않아도 들리시는가
움츠리지 말자
아름다움은 사라지지 않는다
기억 속의 푸른 자태
달라져가는 것일 뿐

김명이   전북 오수 출생. 시집『엄마가 아팠다』,『모자의 그늘』,『사랑에
         대하여는 쓰지 않겠다』,『섬 몽상 주머니』등.

리마스터링 외 1편

김 재 언

다시,
'중경삼림'을 본다

예보를 훌쩍 넘긴 장마의 변주에
발목이 젖어든다
'California Dreaming' 속으로
찾아가는 청춘들의 항로

떠날 때를 알고 가는 뒷모습*을 지우며
예정된 결별을 돌아본다
회항하는 그림자는
어느 약속을 비행하고 있을까

옥상에 널어둔 동쪽 한 귀퉁이에
날개가 찢어진 날
나침반 위에 눈빛을 올려놓으면
닫고 있던 귓바퀴에서
네가 좋아했던 가사가 흘러나오고

빗방울이 쓸려가는 난간
파란 슬리퍼 한 짝이 버티고 있다
다정하게 들려오는 우리의 강우기

>
다시,
사랑할 수 있을까

* 이형기 「낙화」에서 변용

밥벌이로부터

참깨 씨알이 몸꿈을 꾸고 있다
흙의 품을 낚아채 오르는 산비둘기
공중에 띄운 새끼꼴을 빙빙
독수리가 감아돈다

들길이 검은 이랑을 따라간다

휘이 휘이
문설주 밖으로 내쫓기는 텃새들
초록 악다구니가 뒤엉긴다

까마귀, 까치, 참새가
낯익은 말로 지저대는 집회 마당
검은 시치미 사이로 촉을 깨우는 잎싹이
흙을 밀어 올리는 가장 착한 밥벌이를 본다

기둥에 매달린 새끼꼴 두 마리
접을 줄 모르는 허기가
앞서간 부리짓을 추월한다

제 무게를 가늠하지 못한 독수리로부터
쪼아도 열리지 않는 호시절로부터

곳간을 채운 빛 한 섬이 여물고 있다

김재언　경북 청도 출생. 2021년『애지』로 등단. 2024년 제1회 청도문학
작품상 수상. 시집『꽃의 속도』(2024, 도서출판 지혜).

늪의 지느러미 윤슬에 깃들 때

최 윤 경

늪을 생각했다. 한동안 침잠된 마음은 늪이었다. 수없이 엉킨 가시나무가 사는 늪에 빠져서 여기저기가 할퀴고 패인 상처에 피가 돋고 피가 났다. 딱지가 생길 틈도 없이 상처는 번져갔다. 언제 그 많은 뿌리들과 나무들은 생겨났을까. 언제 그 많은 잎들과 그 많은 소리가 자라났을까. 늪 속에 늪을 허우적거리며 찌르고 찔리면서 점점 더 깊은 늪 속으로 빨려 들어가는 사이, 가시에 가시가 돋고 뿌리에 뿌리가 생겨 엉킬 대로 엉켜버린 늪과 늪, 벗어나고 싶어, 도망가고 싶어, 제발 나를 이 늪에서 꺼내줘, 소리내어 엉엉 울어도 보았지만 늪은 침묵하고 침묵했다, 네가 만든 늪이잖아, 너 스스로 헤쳐나와, 간절하게 차가운 늪, 침묵으로 녹슨 혀를 흔들었다. 녹이 슬어버린 건 혀뿐만이 아니었다, 마음이랄까 가슴이랄까 스스로 늪 속으로 가두고 피 내고 아파하기까지 온통 온 마음 온몸이 다 녹으로 까맣게 알이 슬었다. 녹슨 알들이 일제히 눈물을 파내고 눈물을 파먹으며 꾸역꾸역 늪을 해체시켰다. 가시나무를 맹렬하게 지키던 가시들이 손톱을 묻었다. 상처에서 녹 같은 딱지가 생겼다. 생채기의 진물 같은 속울음들이 다행히도 물컹해지지 않은 채 늪의 사다리가 되어주었다. 내가 살고 있는 지금 이곳이 늪이라는 걸, 우린 모두 늪에서 살고 있는 거야, 늪 속에 늪을 만들지 말고 살면 되는 거야, 아니 더 중요한 건 내 늪에 너를 밀어 넣지 않으면 되는 거야, 내 늪 속에 함부로 너를 들이면 안 되는 거야, 내가 살고 있는 지금 여기가, 이 순간도 다 늪이라는걸, 격렬한 위경련이 났어, 울컥하니 수 없이 많은 것들이 치밀어 올랐어, 파닥이는 치어 떼만큼 온 몸이 바늘로 박히는 듯 아팠어, 치어 떼만큼 눈물이 파닥였 어, 맞아, 윤슬만큼 빛나던 그런 아픔이었어, 늪이라는 말 에 시리게 조여오는 위의 통증을 묽은 미음으로 달래면서 자꾸 늪이라는 발음이 나와, 많이 힘들었나 봐, 늪을 빠져 나온 지느러미가 반짝반짝 눈부신 윤슬을 보며 물 위를 날 아보고 싶다는 생각을 해, 허공을 헤엄치고 싶다는 생각도 해, 우수수 바람처럼 저 늪 속을 다시 기어오르고 싶다고, 늪, 늪, 무섭고 두려운 곳에서 우린 또 롤러코스트를 타겠 지만 다시 지느러미를 팔랑이며 날개를 철썩이겠지

최윤경 대전 출생. 2004년『시와 시학』으로 등단. 시집『슬픔의 무늬』,『오 늘은 둥근 시가 떴습니다』,『지는 것에 대한 화해』등.

날 세우다 외 1편

현 상 연

싱크대 서랍 무쇠 칼
꺼내보니 녹슬어 있다
습한 계절을 물고 있던 탓인지
칼은 붉은 게으름 들쓰고 무뎌진 칼끝은
나를 향하고 있다
숫돌에 물 먹이며
희미해진 기억 벗겨본다
칼날이 숫돌을 먹고
무심한 기억은 세월을 먹고
날 세운다는 것은
부단한 시간 응어리져
부패된 부위를 드러내기 위함 아닌가
그건 아마도 손 없는 날을 고르기 위한
내 오래된 공복의 풍습일지 모르며
푸른 날의 약속을 다시 꺼내기 위함이다

지금은 로그인

걷는다는 것은 바닥을 복사하는 것
두 발을 땅에 접속한다

바닥을 밀착시켜 흔들리지 않게 셔터 누르고
땅을 박차며 걸음 옮길 때
눈부신 플래시 터진다

카메라 렌즈도 알지 못하는 발바닥은
어둡고 습한 움집의 사각지대
굳은살과 티눈으로 변형된 발은
숱한 고난의 흔적

그때마다 따끈한 물에 지친 생각 담그고
발끝에 매달린 돌부리 캐낸다

내일을 인화할 발의 부상은 무겁지만
굳은살이 박이도록 셔터를 눌러야만
화려한 생의 파노라마를 볼 수 있는 건 아주 오래된 일

포인트가 될 컷은 미지수지만
다시 ON이다

현상연 2017년 『애지』 신인상. 시집 『가마우지 달빛을 낚다』, 『울음, 태우다』

리을리을 외 1편

배 옥 주

산의 문을 열고 흘러갑니다
열려도 닫혀 있고
닫혀도 열려 있는 의뭉스러움
오름을 내려온 조랑말의 저녁도
한 호흡씩 들어가고
한 호흡씩 나가야 합니다
방목은 풀어놓는 게 아니라 드나드는 것
흙바람도 자모음을 섞으며
모로 누웠다 모로 일어납니다
바람은 쉽게 겹쳐지지 않습니다
새끼 곁을 떠나지 않는
어미의 선한 꼬리질이
한 계절로 들어갔다 한 계절로 나갑니다
구름이 능선의 고삐를 풀어줍니다
산 한 마리, 산복도로에 이끌려 갑니다
갈기를 눕힌 순결한 산맥이
리을리을 흘러갑니다
리을리을
평지로 흘러갑니다

수목 진단서

병상에 누운 몽당연필

무딘 심을 꽉 쥔 채
그늘을 눌러 그리고 있다

해마다 바꿔 쓴 수족 자음
염라가 이 글자는 걸레로 읽은 탓에
긴 요도관에 꽂힌 몇 해 밤낮이
하릴없이 지나가고

안간힘을 다한 흑연 끝에
침이 묻어 있다

여생을 여음이라 고쳐 읽는다

석션* 중인 주목朱木
빗살무늬도 그늘이다

미라를 둘러싼 채 토론하는 사람들이
닳아버린 머리통을 두들긴다

매트리스를 걷어낸 병상에

압필 자국이 깊다

* 토양에 포함된 수분을 대기 중으로 뽑아내는 일

배옥주   2008년『서정시학』시 등단. 2022년 『애지』평론 등단. 시집『오
후의 지퍼들』, 『The 빨강』, 『리을리을』. 평론집『언어의 가면』. 연
구서『이형기 시 이미지와 표상공간』. '김민부 문학상', '애지 비평
문학상', '두레 문학상' 수상. '요산문학 창작지원금' 선정. 《부경
대학교》연구교수. 『애지』편집위원.

밥과 똥 외 1편

김 행 석

산다는 게 난리법석인 거 같아도
밥 먹고 똥 싸는 거 빼면 다 별거 아니지
항우장사도 밥 먹어야 살고
양귀비도 똥 못 싸면 죽느니

입만 열면 말을 비틀고
멀쩡한 손바닥 자꾸 비벼대는 것도
다 밥 때문이고
기름진 밥 달콤한 밥 찾아 떠도는 부나비 떼들
천방지축 날뛰지만
뒤가 구린 거 아는지 몰라

밥, 맨날 밥 아니고
똥, 날 때부터 똥 아니듯

구름이 비 되고 비가 다시 풀로 일어서는
저 야생의 들판
날것들의 눈물겨운 가면놀이를 보라
경이롭지 않은가

걱정 말게, 그대여
사나흘 내내 비가 내려도
별은 젖지 않으니

한 천사

저기 한 젊은 여자
일곱 아이 데리고 종일
종종걸음치고 있네

저기 한 아주머니
호랑이에 쫓겨 매일매일
뛰고 또 뛰네

저기 저기
할머니
걷지 못하네

아이도 없고 호랑이도 없는데
날개를 버린
천사라네

김행석   2021년『애지』봄호 신인문학상.

안과에서 사막을 찾다 외 1편

이 영 선

제1 진료실 노란 문을 열고 들어가니
중년의 의사가 낮은 목소리로 물었지
어떻게 오셨나요
모래바람 부는 사막을 걷는 것 같아요
언제부터 그랬나요
의사는 손가락으로 눈꺼풀을 들어 올리며 말했지

언제부터 나는 사막을 걷게 되었을까

끙끙거리며 눈만 끔뻑거렸지
환자분 같은 분은 눈이 커서 건조증이 잘 오죠
의사는 인공 눈물을 두어 방울 떨구며 말했지
인공의 눈물이 눈 안에서 찰랑거릴 때
나는 눈을 감은 채 흘러내리려는 눈물을 애써 가두려
조심스레 눈을 감고 있었지

한차례 바람이 지나가는 듯
뜨거운 모래의 열기가 느껴지고
사막의 능선에 앉아 더운 숨을 들이쉬는데,

다가오는 의사의 발자국 소리 들려
눈을 뜨자 의사는 웃으며 말했지

사막을 만나거든 다시 찾아오세요

나는 이미 사막에 있다며 노란 문을 열고 나오는데
대기실에 앉아 있던 낙타 한 마리가
큰 눈을 끔뻑거리며 내 쪽으로 걸어와 엎드린다

화살나무

아직 시위를 당기지는 말아야지

아픔마저 그리워
눈부신
그런 날
비워내고 비워낸 마음 헤집고
툭, 잎새 하나 내밀면
당신 눈길 어쩌면 내게로 향할지도 몰라

밤마다 흔들리다
비로소
가지 하나 화살이 되어
당신에게 향하는 날

붉은 내 얼굴을
당신이 잘 볼 수 있도록
아주 천천히
활시위를 놓아야지

이영선   경북 김천 출생. 2024년 『애지』로 등단. 시집 『모과의 귀지를 파
        내다』

3부

D-day 외 1편

백 지

노벨문학상이 발표되던 날,
엄마는 채식주의자*를 건네주었다
학교 도서관의 도서 폐기 목록에서 본 적이 있었지만
엄마는 늘 선생님 말씀을 잘 들으라고 했다

엄마를 믿어도 될까?

사냥개의 다큐멘터리를 보던 날,
엄마는 토끼를 쫓는 사냥개를 보고 잔인하다 했다
엄마랑 돼지고기를 불판에 구워 먹는 중이었는데
사냥개와 나, 둘 중 누가 더 잔인한지 헷갈렸다

시험문제를 풀 때마다 답지는 반쯤 찢어져 있었고
찢어진 답지를 찾아 엄마의 꿈속에서 늘 헤매고 다녔다
꿈을 깨도 하루 종일 다리가 아팠는데
엄마는 책상에 오래 앉아 있을 수 있어서 다행이라고 했다

나는 언제까지 다리가 아파야 할까?

* 한강 소설

색소폰 부는 여자

그녀가 연주를 멈춘 것은
축구 경기 후반 역전골로 지구가 환호성을 지를 때였다

술잔은 저들끼리 부딪쳐 괴성을 질렀고
술은 흘러넘쳐 사람들을 잡아먹고 있었다

우리가 치얼스, 치얼스를 외칠 때
그녀는 좌아, 좌아 빗길을 내달렸다

하필 그때 가야 했을까?
먼 길 떠난 그녀의 남자.

남자의 가래 소리 끓어오를수록
그녀의 색소폰 소리는 더 깊어졌다

자꾸만 깊은 수렁으로 떨어지는 생을
아침마다 조율하며 건져냈을 그녀

늘 느린 곡조를 연주하던 그녀는
악기를 신처럼 섬겼다

선술집 낡은 무대 위

붉은 등 하나 시름시름 죽어가도록
그녀는 오지 않았다

백지   2023년『애지』로 등단.

그림자의 집 _{외 1편}

이 미 순

어둠을 입은 엄마가 일어난다

미닫이문 머리맡에 앉아 버선을 쑥 끼어 신고 빛이 아닌
것을 입는다
어둠과 어둠의 엄마를 입는다. 건드리면 오므라드는 내
더듬이를 지나, 더듬더듬 쪽문으로 떨어지는 엄마

엄마는 엄마를 비추고 그림자는 그림자를 비추는 어둠,
쌀 씻는 소리
엄마의 손등에는 엄마도 모르는 몇 알의 쌀알이 불어나고
이불 속에서 나는 나로 불어난다

시간 다루는 재주가 엄마의 유전자에 있는 걸까 달의 초
침소리에도 반짝 눈을 뜬다
창호지에 엄마의 그림자가 자주 들어있다

한 손을 들고 한 손을 내리고 발목을 열고 발목을 닫고 머
리를 매만지고 그러모아 수건을 쓴다
달이 없는 날 자정에 더 짙은 그림자, 엄마가 정확하게 감
을 잡지 못하는 것은 찢겨진 창호지 때문

구멍을 막았다 빼내는 연탄아궁이에 꽃불이 핀다 쪼그렸

던 발의 관절을 편다

　발목을 숨긴 엄마를 부른다. 얼음 같은 손을 아랫목에 파묻는 엄마의 엉덩이가 봉긋하다

　엄마의 그림자를 따라다닌 열세 살의 겨울밤

거품 안개

진달래 군락지 종남산을 오른다

남천강 물안개가 솜뭉치를 풀어놓은 것처럼
강과 길과 산과 하늘을 뒤덮어 한 치 앞도 분간하기 어렵다

솜뭉치

생각만 해도 아득한 솜
시집에서 분가하는 날, 새어머니는 돌아가신 시어머니의
목화 솜이불을 주셨다

색이 바랜 양단 이불 호청 사이로 삐져나온 누런 솜이 눈
에 거슬려 겁도 없이 뜯어내어 하이타이를 풀었다
솜은 솜을 낳고 또 솜을 낳고 물먹은 솜은 점점 솜을 불려
단칸방 부엌 안에 거품이 거품에 부풀려 거품을 구름처럼
피워 올렸다

이 4월도 철없던 나처럼
얼마나 두터운 솜이불을 뜯어놨길래 강과 산과 구름과 한
치 앞도 보이지 않는 길에 천지 구분 없는 물안개로 들였는지

정상에 올라서니 천지가 거품인데

날아든 나비 한 마리

나비야, 이 거품들 어쩌면 좋으니

이미순   2022년 『애지』 신인문학상 수상.

자연인 외 1편

사 공 경 현

비우고
떼 내는 일이다

인간의 간을 떼 내고
혼자 살아내는 일이다

지우고 덜어내고
고독한 포기 끝에

人의 파임을 떼고
홀로 서는 일이다

그리하여 자연인이 되었다가
이윽고 인마저 떼어 내는 일이다

허수아비

애가 타도록
지평선 바라보며 멍하니

서늘한 바람, 해진 가슴에 맞으며
허우적허우적 손짓하고 서 있네

곤줄박이 오목눈이 참새들 날아와
보릿짚 모자, 여윈 팔목 위에 앉아

아버님 너무 걱정하지 마세요
허수는 꼭 돌아올 겁니다

사공경현　군위 출생. 2022년 『애지』 등단.

이른 가을 오후 네 시 외 1편

백 승 자

모든 버티는 것들이 시계를 풀기 시작하면
바람을 뜨겁게 달구던 해도 격정을 놓는다

몰고 온 바람도
실려 온 바람도
쏜살보다 빨리 시간의 팔부능선을 넘고

동쪽으로 내달리던 관성이 흠칫,
지친 기린의 혀처럼 축 늘어진 그림자에 놀라

부지깽이 같은 말뚝을 더듬는다

한낮 쏟아지던 해를 향해 박았던 말뚝
그림자의 그림자도 허락하지 않던 말뚝이 비틀거리자
우물가 소문처럼 자라나는 그림자들

검다

실핏줄 하나 살리지 못한 족적들

무엇을 키워온 걸까

\>

기린이라며 긴 목을 꼿꼿하게 세웠던 많은 날
나뭇잎이나 나무열매나 순수한 풀잎만 먹은 건 맞나

기억은 어제까지 먹은 종種들을 횡설수설하고

사자가 먹다 남긴 불쌍한 것들의 살점을 먹었는지도
하이에나 무리에 끼어 썩은 사체를 후벼팠었는지도

외면하거나 모르거나 열심으로 키워낸 그림자들에 먹힐
듯한 오후

서쪽으로 돌아 서서
조금은 겸손해진 해를 끌어 안으면
등 뒤에 숨긴 그림자와 곱게 누울 수 있을까

오카피의 반란

차라리 벽화에서 나오지 말 걸 그랬어
영영 눈 속에 갇혀
침묵으로 살았다면

그들에게 들킨 후로
얼룩말의 엉덩이 사슴의 뿔을 가진
기린의 영혼이라 위태로워

아름다움이 올가미를 불렀대

날마다 그들은 도끼질 춤을 추고
쿵쿵 죽어나가는 나무정령들의 투신으로 심장이 떨려
마음대로 들어와 빼앗는
우아한 위선이 목을 조여와
지켜준다더니
가두고 감시해

방치의 미덕이 죽은

원시를 잃고 집을 잃고
아이들이 죽어가 친구들이 사라져

>
차라리 우리
진짜 유니콘이 되어 버릴까
털끝도 보이지 않게 산화해
적들이 춤을 멈추고 파티를 준비할 때
폐허를 선물하는 거야
가졌으나 텅 빈
미다스의 손이 부린 요술로
누런 돌집에 짐승들을 가두는 거야
고독한 울음만이 낭자한
그들이 까맣게 잊어 버린 황야에

백승자   2016년 『애지』로 등단. 2023년 첫시집 『그와 나의 아포리즘』
출간.

시간의 간극 외 1편

임 덕 기

놀이터가 보이는 길가에서
유치원생 남자 아이
깨금발로 걸어가며
앞서 가는 아이 이름을 부른다
여자아이는 뒤돌아보며 걸음을 멈춘다

미래시간이 아이들 곁에 달려온다
빛나는 보랏빛 아우라
아이들을 감싸며
아이들과 함께 걷는다

뒤따라가는 기운 없는 발걸음
몇 굽이 골짜기와 강물을 힘겹게 건너왔을까

시간의 물이끼에 젖어
후줄근한 모양새로 느릿느릿 걸어가는 안노인
물살에 떠내려간
기억의 편린이 되돌아온다

재잘재잘 떠드는 아이들 목소리에
낡은 시간들이 설레발치며 다가온다

포항 육거리

중앙동 육거리는 분수를 중심으로
길이 여섯 갈래로 퍼져나간다

목적지로 가는 방향은 말이 없어도
깜박이는 눈빛으로 서로 속내를 알아챈다

직진하려는 급한 마음 에돌아가라고
눈짓으로 설득하고
신중히 행동하라고
넌지시 길 표시를 보여준다

오랜 세월 같은 곳에 붙박이로
자리 잡고 있는 육거리
포항의 중심을 붙잡고 서 있다
흩어진 생각들 한 군데로 모으고
추억을 공유해 구심점 역할을 한다

타관에서 우연히 만난 사람들
포항 육거리 얘기만 나와도
고향사람이라고 울컥하며 반겨준다

임덕기 이화여대 국문학과 졸업, 2014년 『애지』시 등단. 시집 『꼰드랍
다』, 『봄으로 가는 지도』('A Map to the Spring', 2024년 영역
본 출간). 수필집 『조각보를 꿈꾸다』, 『기우뚱한 나무』(2015년 세
종나눔도서), 『서로 다른 물빛』(원종린수필문학상), 『스며들다』.

독서하라 외 1편

김 은 정

사랑하는 어머님과
오랫동안
이별했다가
다시 만난 것처럼
독서하라. *

안산의 아름다운 소녀들이
삼삼오오 모여서
읽고 쓰고 토론하기

동네 곳곳에
펼쳐진 책의 향연
성호와 함께 쌓여가는
독서의 기쁨

스스로 탐구해서
이룩한 자득自得
그 푸른 결실을 위해
독서하라

* 성호전집

안산천의 봄

왜가리는 바위 위에
청둥오리는 물 위에
붕어는 물속에
큰기러기는 갈대밭에
칼바람 부는 2월 아침에
안산천의 정다운 구식동물들

아마도 봄은 오겠구나
너도 오려나…

김은정 경북 경산 출생. 한서대학교 문예창작학과, 단국대학교 석사.
2015년 『애지』로 등단. 시집 『아빠찾기』, 『독서하는 소녀』, 『화랑
유원지에 흐르는 빛』.

명왕성 외 1편
 -134310-

강 수 정

2006년, 나는 세상으로부터 버려졌다
작고 희미한 존재
뻥 터진 팝콘 무리에서 갇혀버린 부스러기 한 톨
지옥의 세계가 이렇게 어둡고 외로울까

친구가 필요해
카론, 나와 함께 궤도에 오르자
함께 밤하늘을 꿰뚫어 보자

러시안 블루의 에메랄드 빛 눈동자
그 수평선 너머 침묵하는 작은 나를 찾아 주세요

134310
보홀*의 바닷속에 숨겨둔 안경원숭이를 찾아가세요
심장보다 더 큰 눈으로 태양을 찾아 줄게요

스틱스, 하이드라, 케르베로스
두 손 가득 달빛을 모아 내 검은 얼굴을 닦아내고
반딧불이 되어 당신을 향해 다가갑니다

궤도는 불균형, 혹독한 겨울의 땅

이탈된 낙오자는 우주를 떠돌고
어츨해진 심장은 유성우로 쏟아집니다

당신은 나를 버렸습니다
그러나 매년 여름이면 수만 그루의 꽃을 피울 겁니다
키 작은 해바라기로
밤하늘은 샛노랗게 물들겠지요

* 필리핀 제도 중부의 섬

어린이날

아이가 우네

꽃무늬 실크 블라우스에 멜빵 치마를 입은 삐삐처럼

마른 여자아이가 소리 없이 울음을 삼키네

칭얼대는 고양이 마냥 앵앵거리는 TV 소리는 들리지 않고

어린 조카가 갖고 노는 커다란 코끼리 인형에 시선을 맞추고 있네

흰 페인트를 가득 묻힌 아버지의 기름진 머리에는 초라한

홀애비의 고독이 떨어지네

암으로 유배 갔던 엄마가 돌아오던 날

개마고원보다 먼 그곳

시든 감자처럼 말라버린, 푸른 싹조차 나지 않는 머리통을 쓰다듬으며

\>

국제시장에서 구해온 뽀글이 가발을 꺼내놓으시네

돼지털보다 굵고 억센 머릿결

흐느적거리는 마른 손가락을 넣어 매무새를 가다듬었지

힘겹게 찾아온 엄마의 마음도 모른 채 설운 마음에 쏟아지는 아이의 푸념, 원망, 그리움

기념사진 속 아이의 꽉 쥔 주먹과

흐릿한 엄마의 미소가 물먹은 별처럼 반짝였던

어린이날 오후

강수정 경남 삼천포 출생. 2025년 『애지』로 등단. 전 동국대, 경기대 등 시간강사(일문학전공). 풀꽃시문학회 및 금강여성문학회 회원.

둥지 속 세상 외 1편

한 성 환

후드득
둥지로 날아든 개개비
주둥이에 가득 물고
새끼들 먹이려는데
어, 어
작은 것들아
모두 어디로 갔니
개개 개개 개개객
삐비이 비비비
쩍 벌린 큰 놈 입에
몽땅 밀어 넣고
그냥 운다

저 너머
숲속에 둥지가 없어
내가 지은 둥지가 없어
네 집에 맡겨 둔 새끼
뻐꾹뻐꾹
뻐뻐꾹 뻐꾹
뻐꾸기가 운다
남의집살이 내 새끼
눈치 보지 않고

잘 살고 있는지
아무 생각 없이
그냥 운다.

맨발

조그만 조각배 두 척이
무거운 짐을 가득 싣고
거리를 헤맨다
이 섬, 저 섬으로
떠다니는 맨발

컴컴한 동굴에 갇혀
진종일 숨 한 번
마음껏 쉴 수 없었지.
찐득한 땀내에 절어
얼마나
눅눅하고 답답했을까.

늦은 저녁이 되어
젖은 구속에서 겨우 벗어나
바닥으로 쓰러지듯이
닻을 내리는 하루
맨발로 서서 달래어본다
너, 오늘 진짜 고생했어.

한성환   충남 논산 출생. 2025년 『애지』로 등단.

귀벌레 증후군 외 1편

황금 비

뫼르소가 죽이고 싶었던 건
태양이었어

열대야는 삼복을 뒤척이고
불타는 밤은
뜬눈으로 지샐 때였지

허점 찔린 귀뚜리는
막바지 선전포고를 하는 울음으로
귀청을 흔들었어
귀벌레들이 소리의 잠을 흥얼대고

목청을 따라 울어보는
일곱 해의 밤낮
이명을 키우던 귀벌레를 풀어놓으면

잦아들 것 같지 않던 소용돌이를
어떻게 재운 걸까
아직 죽지 않은 당신이 숨을 고르지

어둠을 울던 가을이
꾸물꾸물
뫼르소의 귓속에서 기어 나올 때까지

U 산부인과

폭설이 쌓인다
안장을 뺏긴 자전거위에

골목을 살피는 보안등 틈새
소리를 죽인 눈밭은
막 긁어낸 흰 핏덩이를 쏟아낸다

순백의 진통이 덮쳐올 때
카론의 노 젓는 소리가 탯줄처럼 이어진다
사이프러스 나무로 만든 하프가
'죽음의 섬'을 초대하는 거리
유기된 눈갈기들이
지워진 발가락으로 기어간다

한파를 껴입은 걸인이
누더기처럼 펼쳐든 손바닥
외면하는 지하계단은
천국을 밀어 올리고 있다

낙원처럼 쏟아지는 설편을 헤치며
앳된 여자를
유산부인과 층계가 부축하며 내려오고 있다

황금비 한국방송통신대학교 국어국문학과 졸업. 2025년 『애지』로 등
단. 도시락挑詩樂동인.

달력을 바꿔 거는 동안 외 1편

유 계 자

벗나무는 자꾸 꽃잎을 흘리는데
빈 그네에 노을이 앉아요
나를 안고 그네를 타던 엄마의 붉은 구두는
놀이터를 벗어나 어디를 걷고 있을까요
주방에서 쌀국수 삶는 냄새가 사라지고
날마다 할머니의 잔소리가 밥상 위에 쏟아져요
티브이에서 탁란하는 뻐꾸기를 보고
저런 저런 못된 것 같으니라고
못된 짐승이 또 있네
어쩔 수 없이 나는 탁란의 아이
할머니는 짐승의 아이마저 사라질까 봐
나보다 먼저 울어요
동전처럼 머리털이 빠져나가고
날짜의 각질들은 말라가는데
붉은 모랫바닥에 쓴 내 생일
초대할 친구 없어 고양이만 그려요
놀이터에 자주 오는 줄무늬 어린 고양이
내 울음에 끼어드는
나비야 나비야
풀린 꽃잎처럼 오래도록 어깨를 들썩이죠
폰 속의 이모티콘 생일축하 촛불은 타고 있는데
엄마는 줄이 없는 꽃잎,
지금쯤 어디까지 날아갔을까요

그릇

잘 지내던 사람도 부딪혀보면 그 속이 보인다

그럴 땐 어머니의 둥근 생각이 필요하다

한 사람과 부딪치고 나서 석 달 열흘을 앓아누운 적 있다

유계자 2016년 『애지』 등단. 시집 『오래오래오래』, 『목도리를 풀지 않
아도 저무는 저녁』, 『물마중』. 한국출판문화산업진흥원, 2022
년 중소 출판사 출판콘텐츠 선정. 애지문학작품상, 웅진문학
상 수상.

오래된 선풍기

송 승 안

바람이 분다

이잉이잉 소리를 죽이고 분다

달려가도 닿을 수 없는 거리

식지 않는 가슴을 파닥이며 분다

아무리 불어도 모자라는 힘

힘 없이도 과열되는 걸

타버리고 나면 소용없는 걸

목을 빼고 분다

한쪽으로만 분다

뒤돌아볼 줄 모르고

고개를 흔들 줄은 더욱 모르고

>

걷잡을 수 없다가 가라앉다가

어지러운 속을 다잡고 분다

흐어엉 흐어엉 떨다가도 분다

멈추었다가도 분다

송승안   2024년 겨울호 『애지』로 등단.

양의 전설

김 용 칠

평화로움에 물든 하늘과 땅의 정기精氣 결정체인 맑은 옹달샘 속에서 순한 양은 천기天氣를 받아 태어났다

양의 성정은 고사리손 같아 순함과 화평지기和平之氣 그 자체인 존재

어느 날 신神이라 칭하는 양가죽을 뒤집어 쓴 늑대가 나타나 양의 사회전반 규율을 그들의 입맛에 따라 똬리를 튼 독毒을 풀어 제정하고

양은 그 독毒 주사를 맞고 시나브로 규율 속 수동적 노예근성의 파도에 휩쓸려 가고 있었다

양은 본래 대우주자연을 어버이처럼 숭상하고 함께하는 정신精神이 살아 숨 쉬고 있었는데

시대가 화살을 맞은 흐름에 따라 독毒주사의 마법으로 점점 자연을 점령군 놀이로 훼손하게 되고 정신은 비틀거리며 쇠퇴해져만 갔다

양이 본시 가지고 있던 찬란한 황금시대의 정체성을 잃어버리고 깊은 어둠속으로 내팽개쳐져만 가고 있었다

>

독毒의 마법은 점점 더 양의 탈을 쓴 늑대를 닮아가고 싶어 안달이 나게끔 이끌었지

양은 자연과 동화되는 빛나는 정신문명의 선도자 역할을 했지만

늑대와 친교를 맺고 시간은 쏜살같이 흐르고 흘러 이제 자연친화적 문명은 어느덧 토사구팽!

드디어 양의 울음소리조차 상실하고 늑대 울음소리를 앵무새 되어 내 소리인 듯 있는 힘껏 흉내 내며 제소리인 듯 소리치고 있다

양은 제가 이 세상의 주인공으로 알고 있으나 양의 일상생활을 규범 짓는 주체는 늑대임을 그 어느 양이 알랴!

그! 렇! 다!

양의 실상은 이 세상 주인공이 아닌 늑대의 한갓 희노애락 펼칠 노예에 불과한 것이었다

다만, 착각은 자유인 세상에서 제가 주인인 줄 아는 진정

한 노예!

　늦대는 무너져 가는 양의 주변을 좋게 해주겠다고 입만
열고 말만 하면 꿀 바른 무지개빛 사탕발림으로 속삭인다

　대부분의 양은 그 사탕발림을 달콤하게 받아들이나

　극히 일부 문제의식 있는 양은 이 세상에 원怨과 한恨을
울부짖으며 등지고 하차하게 되고

　늦대는 양의 사회에 대해 조금 더 완벽하고 치밀한 통제를
위해 병病주고 독약毒藥주는 시지프스 전략을 택하게 된다

김용칠　본명 김용만. 청주출생. ㈜케이티앤지 근무(前). 문학의숲 사무국
　　　장 및 감사 역임. 한국신문학인협회 전북지회 동인. 2024년 『애
　　　지』 봄호 신인문학상.

말의 즙

정 해 영

처음 그 말을 들었을 때
입안에 들어온 딱딱하고 거칠은
이물질 같아 내 뱉고 싶었다

넘길 수 없는 말

입속에 넣고 혀끝으로
오래 굴렸다

녹인다는 것은
둥근 모양으로 어루만지는 일

울퉁불퉁 거친 것을 받아
부드럽게 넘기는 법은
어릴 적
사탕을 먹으면서 알았다

굴릴수록 단맛이 난다
그 말에서 나오는
즙인가

어느새

말이 넘어 간다

돌을 삭이듯
녹여 먹는 말
며칠 혹은 몇 백 년이
걸린다 해도

즙이 된 말은
역사를 바꾸기도 한다

정해영   2009년 『애지』로 등단. 시집 『왼쪽이 쓸쓸하다』(2014년 문화예술
위원회 우수도서 선정). 2021년 제19회 애지문학상 수상.

초대시인

이명

이 미 산

몹시 아팠던 여섯 살
슬픔이 초대한 매미 한 마리
내 오른쪽 귓속에 눌러앉았지

누군가 내 국어책 숨겼을 때
매미는 나 대신 골목을 헤매며
돌려줘
돌려줘

직장에 다닐 땐 피곤해 피곤해
그래서 결혼이나 하고
일기장에 이상한 남편을 일러바칠 때도
매미는 나보다 더 슬피 울었지

매미가 떠나면 나는 행복해질까
보약을 먹고 명상음악을 듣고
그러나 점점 힘이 세진 매미는

원고 마감일
고치고 또 고치다 문장의 **뼈**대마저 허물어졌을 때
두 마리였다가 세 마리였다가 죽음의 칸타타 레퀴엠

>
나는 살려줘 살려줘
매미는 나를 삼키고 떠나겠다는 듯이

그래서 그날까지
우리는 서로를 묵묵히 견딘다
―『애지』, 2025년 봄호에서

이미산   2006년 『현대시』 등단, 시집 『아홉시 뉴스가 있는 풍경』, 『저기,
       분홍』, 『궁금했던 모든 당신』 등.

황차의 별

김 보 나

거리에 어둠이 내려앉으면 너는 종종 묻곤 했다. 지금 보이는 빛이 일억 광년 전의 은하에서 온 거라면…… 우리를 둘러싼 것은 부드러운 이 어둠뿐이냐고.

말라붙은 찻잎에 들끓는 물을 부을 때마다 향내가 살아났다. 따뜻한데 죽어 있던 차를 마시면 마른 장작의 기분을 알 것 같다. 속에서부터 불씨가 타오르는 건 이런 느낌이구나. 물을 삼켜 살아나는 불이 있다면.

연녹색 강에 물결을 일게 하던 인부들의 망치질은 그쳤어도 여전히 다리를 건널 수 없는 밤이다. 누군가의 무덤에서 발견된 책의 문자열처럼 비가 내리면 사람을 앞에 두고 차를 마셨다. 철관음, 금준미, 백호은침…… 울렁이는 금빛. 언젠가 받은 볕이 끓어넘치는 물을 한 모금 넘길 때

"죽기 전에 오렌지 빛을 본 사람이 있대. 쪽빛이나 보랏빛으로 일렁이는 사람도 있대. 그게 자기 마음의 색이래"

고대 인도 사람들은 불의 신이 인간과 신을 연결해 준다고 믿었다. 제물을 살라 신에게 닿도록 연기를 흩어놓기 때문에 그렇다지.

네가 찻물을 올리던 때, 물이 사정없이 끓어넘치던 그때에도 우리 곁엔 불의 신이 있었을까.

어쩌면 찾아드는 신이, 지금 보이는 빛이 일억 광년 전에 출발했다 해도…… 연노랑 빛에 기어이 이름을 붙이고 싶은 것이 나의 마음.

떠날 사람이 내준 차를 마신다. 물로 타오르는 불. 홧홧
하다
　—『애지』, 2025년 봄호에서

김보나　2022년 《문화일보》 신춘문예로 등단.

실몽失夢

권 기 선

아이를 낳으면 손가락을 만져보고 싶었다 감자에서 올라
오는 포슬포슬한 김을 마주하며 어쩐지 꿈을 잃은 것 같은데

가정이 아닌 형태가 너를 울게 할 것 같아 손을 만진다 둥
글게 갈아냈던 반지와 손가락의 지름을 눈물을 참고 있는
눈망울을 쓰다듬고 싶었다

작게 흠집이 난 테이블 유리에는
창으로 들어온 햇빛이 조그맣게 걸려 있고

공기의 무거움을 마음의 찬물처럼
생각해도 어루만질 수 없는 걸 안다

너를 닮은 아이였을 수도 나를 닮음을 바란 너였을 수도
있다

혼자 쓴 다짐을 보았지, 아이를 낳으면 만져보고 싶은 가
정의 형태를 보태려 하지 않아도 가득 들어왔던 과일처럼
생기에 찬 태몽을

기록을 태우는 일이 잔인한 일인지 포옹으로 불행을 독대
할 수 있는지

>
말하지 않고 흘린 눈물이 눈가에 박혀 종일
입김처럼 떨고 있다
─『애지』, 2025년 봄호에서

권기선   1993년 충북 음성 출생. 2019년 《매일신문》 신춘문예 등단.

짐승 같은 놈

권 선 옥

그렇다
사람으로 태어난 게 죄다
짐승으로 태어났으면
사람 같은 놈인데
—『애지』, 2025년 봄호에서

권선옥   1976년 『현대시학』 추천. 한남대대학원 국어국문학과 졸업. 시
집 『감옥의 자유』, 『허물을 벗다』 등. 수필집 『아름다운 식탁』. 신
석초문학상 등 수상.

약초를 배우며

반 칠 환

목련 봉오리가 코에 좋다고 적는다.
냉이가 골다공에 좋다고 적는다.
음양곽이 정력에 좋다고 적는다.

따고, 뽑고, 썰고, 덖는 법을 배운다.
구증구포, 아홉 번 찌고 아홉 번 말리는
정성을 배우다가 나에게 묻는다.

나는 목련의 어디에 좋은가?
나는 냉이의 어디에 좋은가?
나는 음양곽의 어디에 좋은가?

나는 이 별의 생명들에게 어떤 명약인가?
―『애지』, 2025년 봄호에서

반칠환 충북 청주 출생. 1992년 《동아일보》 신춘문예 시 부문 당선.
　　　 2002년 서라벌 문학상 수상. 시집『뜰채로 죽은 별을 건지는 사
　　　 랑』,『웃음의 힘』,『전쟁광 보호구역』. 시 해설집『내게 가장 가까
　　　 운 신, 당신』,『뉘도 모를 한때』,『꽃술 지렛대』등.

곶감 할매

박 분 필

할매가 햇살 바른 곳에 멍석을 펴고 앉아 곶감을 깎으면서 시퍼렇게 젊었던 시절엔 모든 일들이 참 많이도 떫었지 생각한다

어느새 발그레 익어 삶의 단맛을 겨우 알 듯도 한데 쌓아온 생이 송두리째 벗겨져 꼬지에 꽂히는 이것이 나지 싶어지다가

어느 듯 처마 밑에 매달린 곶감이 시집살이 등살에 시달리듯 풍상에 시달리며 절이 삭고 어쩔 수 없이 쫀득쫀득 곶감이 되어갈 때쯤

떫디떫었던 당신의 마음자리에도 보이지 않게 새록새록 채워지던 단맛이 적지 않았음을 눈웃음 짓는다

할매가 주름지고 오그라진 곶감 한 접을 반반하게 펴 열 개씩 노끈으로 묶고 뽀얗게 분이 낀 열 묶음의 곶감들을 차곡차곡 쌓으면서

무거운 것들이 다 빠져나간 후, 가벼워진 이것을 나는 달콤한 행복이라 이름 짓는다
　　―『애지』, 2025년 봄호에서

114

박분필 　성균관대학교 유학대학원 유교경전학과 수료. 1996년 『시와시학』으로 문단 활동 시작. 동화집 『하얀날개의 전설』, 『홍수와 뗏쥐』. 시집 『산고양이를 보다』, 『바다의 골목』 등. KB(국민은행)창작동화 공모제 대상, 문학청춘작품상, 시문학상 수상.

아무튼 중년

김 종 규

왕년이 저평가 되는 것이다
빠른 결정을
선점하는 손과
실력 차가 나는,

깜짝 놀랄 발상과 거리가 먼,

연식 오래된 두뇌 이미지를 벗지 못하는

못 뚫는 벽,
당연한 걸 놓친다
최대한 빨리 달려도
늦는 것이다

최저점에서 멈춘 시력이
마지막 줄에서
막히는,
성장판에서나 써먹던, 언제 적
실력이냐는,

기준점이 다른,
이해력 안 되는 머리로는

더 이상 부상은

물 건너 가는 것이다

—『애지』, 2025년 봄호에서

김종규   2009년 『유심』으로 등단. 시집 『액정사회』.

에스키스

오 윤 경

추위를 너무 많이 타니까. 덜덜덜 너는 살집도 많은 게.

대신 떨어줄 것도 아니면서. 불 앞에서. 술 앞에서.

언제 가장 춥니? 물어보자. 물어보자 하니까.

춥기 시작한다. 얼기 시작한다.

입술이 떨어질 때를 기다리다가. 우리는 너와 나로 분리
된다. 시험에 떨어지고 걷던 골목. 쫓겨난 것도 아닌데 갈
데가 없어. 땀이 났는데. 반바지를 입고 가는 사람들이. 쭉
쭉 아이스크림을 빨고 있는 아이가. 무서웠어.

얼음이 녹는다. 한계에 이른 것처럼. 얼어붙지 않는 시간
도 있다.

천천히 해 천천히 마음먹기에 달렸다잖아. 그렇게 말하
는 너부터 먹어 치울까? 먹어도 먹어도 그 마음은 허기지
다. 무게가 없다. 슬쩍 바람만 불어도 핑핑 날아다니느라
부딪힌 이마가 부풀어 오른다. 조금 더 가까이 앉을까.

우리 사이에 가만가만 바람이 넘치는 이유. 난로 곁에서

118

너는 팔짱을 낀다.

　자러 갈까. 저만치 켜진 불빛은 따뜻해 보인다. 모든 빛
이 온도를 가진 건 아니야. 우리가 나눌 게 고작 섹스밖에
없을 때.

　춥다. 으스스 어느 구석에서라도 귀신이 나올 거 같아.
한가득 냉기를 쏟아 놓을 때까지도 서로를 견디고 있다.

　팔짱을 끼는 건 자기를 안아주는 거래. 너는 나를 안지 않
고. 우리는 우리라서 춥다. 겨울의 알몸이 다 덮이도록 눈
이 내렸으면 하고
　　―『애지』, 2025년 봄호에서

오윤경　2020년 『시와반시』 등단. 부산대학교 국어국문학과 석사 졸업.

신종 도감

우 정 인

보고되지 않은 종에 대해 쓴다
화석으로도 발견된 적 없기에 뼈의 길이와 섭생을 유추
할 수 없다

그들은 아래층과 위층 사이에 서식한다
쿵쿵과 고요함 사이에 끼어 산다
쉽게 깨어지는 구름과 하루 사이에 나타났다 사라진다
꼬리뼈가 지워진 자리 망할, 불면증에도
그것은, 산다

여러 마리가 뒤엉켜 살기도 한다
발자국 화석이 보고된 적 없으나 유인원과 동종으로 유추
된다 발 소리는
깊은 밤, 더욱 우렁차다
이 동물을 야행성이라 쓰기로 한다

짧고 간결하게 스타카토, 길고 지루한 난타, 의자 긁는
소리, 피아노 소리, 진공청소기소리와 유사한 소리를 낼 수
있다 알 수 없는 고함소리, 낭묘와 여묘처럼 수상한 울음,
암컷과 수컷으로 구분할 수 있다

바람의 여백 침묵과 침묵 사이에 때때로 둔탁한 마침표

를 남긴다

　수많은 제보가 모여들지만
　아무도 그들을 목격했다는 보고는 없다
　인터폰이나 초인종 소리에 거칠고 포악해진다는 제보가
때때로 접수된다

　그냥, 살고 있다고 쓴다
　멸종 기대 동물, 이라고 쓴다
　우리 집 위층에도 있다고 쓴다
　─『애지』, 2025년 봄호에서

우정인　단국대학교 대학원 졸업(문학박사). 2023 아동문학평론 평론 신
　　　　인상. 2024년 《한라일보》 신춘문예 시 당선.

등

함 민 복

한 해의 끝 날 바닷가에서
역광이라 얼굴을 포기하고
서쪽을 바라다보며
서쪽을 찍고 있는
한 무리 사람들
등을 중심에 세우고
어둡게 빛내주는
석양

돌아선 등에게 그제서야 사랑을 고백했었지
돌아설 수 없어 꾹꾹 험담을 받아 적기도 했었지
눈길 멀어 독해도 수정도 늘 타인의 몫
운명처럼 받아들이며 묵묵히 살아온 비면碑面

어미 등판에서 가슴을 키운 죄
이미 지나온 시간의 폭포
수평을 찾아 눕기도 하지만
등은 울지 않는다

울 린 다

쭈그려 앉아

사람들 마음을 추슬러 업는

세월의 붉은 등

노을

—『애지』, 2025년 봄호에서

함민복   충북 충주 출생. 1989년 서울예대 문예창작과 졸. 1988년『세
         계의 문학』 등단. 『눈물을 자르는 눈꺼풀처럼』, 『모든 경계에는
         꽃이 핀다』, 『말랑말랑한 힘』 등의 시집 발간. 오늘의 젊은 예
         술가상, 김수영문학상, 박용래문학상, 윤동주문학대상, 애지문학
         상 등을 수상.

반경환 명시감상

반경환 명시감상

느티나무가 있는 풍경

최 병 근

간판 없는 공장은 그의 1인 놀이터였다

수령 오백 년 보호수 발치에
기와 정자 하나 빈 채로 앉아 있었다

나는 그 주름진 나무 옆구리에 붙어 있는
볼트 공장 사장을 만나
담배 한 대 피우고 싶었을 뿐이었다

한 치 오차 없이 여름을 깎아
가을의 힘줄을 한껏 조여야 할 그의

볼트

이순에 늦장가 들어 세 살 딸아이를 둔 그는
나무 그늘을 나이테처럼 둥글게
둥글게 땀 흘려 깎고 있었다

그와, 그의 필리핀 아내와
저녁이 여전히 무서운 딸아이

웃음만으로 세상이 어찌 환해질 수 있겠는가

나는 처음 보았다
느티나무가 수만의 푸른 눈동자로
그의 볼트 공장 지붕 그늘을 완성한
한여름 그 오후를

　천지창조의 첫날부터 이리는 이리끼리 모여 살고, 늑대
는 늑대끼리 모여 살며, 양은 양끼리 모여 산다. 이처럼 무
리를 짓는 동물들은 서로가 서로에게 의지해서 살아 가지
만, 그러나 인간만은 예외인데 왜냐하면 부자와 가난한 자
는 다 함께 살 수가 없기 때문이다. 부자는 최상위 포식자인
늑대와도 같고, 가난한 자는 먹이사슬의 최저 밑바닥의 순
한 양과도 같기 때문이다. 요컨대 부자와 가난한 자는 그 생
활양식과 문화적 차이로 인하여 함께 모여 살 수가 없는 것
이다.
　부자가 되는 방법은 다음과 같은 세 가지로 설명할 수가

있다. 첫 번째는 훌륭한 부모로부터 수많은 재산을 물려받는 것이고, 두 번째는 소위 명문대학교를 나와 좋은 직업을 얻는 것이고, 그리고 마지막으로 세 번째는 근검절약하고 악착같이 돈을 모으거나 선악을 넘어서 수단과 방법을 가리지 않고 돈을 버는 것이다.

부자는 요새와도 같은 성채에 살고 있고, 가난한 자는 그어느 것도 생산할 수 없는 폐허 속에서 살고 있다. 부자들은 이마에 땀 흘리지 않고 다양한 취미와 문화생활을 즐기고, 가난한 자들은 사시사철 땀 흘리고 살면서도 문화생활은 커녕, 그 어떤 여가선용이나 교육제도의 혜택을 누리고살 수가 없다. 부자는 소수이고, 그들의 부는 다수의 서민들의 경제활동과 노동력의 착취에 기초해 있다. 부자는 더욱더 부자가 되고, 가난한 자는 더욱더 가난한 자가 되는 이양극화 구조는 인류의 역사와 함께 영원히 계속되고 있는것이다.

최병근 시인의 「느티나무가 있는 풍경」은 '이순'을 넘긴볼트 공장 사장의 '삶의 애환'을 노래한 시이며, 그 아름답고 서정적인 풍경을 통해서 부의 공정한 분배와 만인평등에 대한 소망을 담고 있다고 할 수가 있다. 모든 시인들은대부분이 소위 흙수저들 편에 설 수밖에 없는데, 왜냐하면'부익부/ 빈익빈의 양극화 구조'를 완화시키고, 모두가 다같이 잘 살고 만인이 평등한 이상적인 사회를 꿈꾸고 있기때문이다.

최병근 시인은 "수령 오백 년 보호수 발치에/ 기와 정자하나 빈 채로 앉아 있었다"라고 말하고, "나는 그 주름진 나무 옆구리에 붙어 있는/ 볼트 공장 사장을 만나/ 담배 한 대

피우고 싶었을 뿐이었다"라고 말한다. "간판 없는 공장은 그의 1인 놀이터"였고, "한 치 오차 없이 여름을 깎아/ 가을의 힘줄을 한껏 조여야 할 그의// 볼트"는 어렵고 힘든 그의 직업이었다. 간판 없는 공장이 그의 1인 놀이터였다는 것은 영세한 자영업자의 딱한 사정을 말하고, "한 치 오차 없이 여름을 깎아/ 가을의 힘줄을 한껏 조여야 할 그의// 볼트"는 여름 한철 부지런히 땀 흘리고 벌어야 할 그의 급박한 사정을 말하고, 볼트 공장 사장을 만나 담배 한 대 피우고 싶었다는 것은 그의 어렵고 힘든 사정과 그 처지를 이해하고, 그와 함께, 따뜻한 동병상련의 정을 나누고 싶었다는 것을 뜻한다.

이순에 늦장가 들어 세 살 딸아이를 둔 그, 나무 그늘을 나이테처럼 둥글게 둥글게 땀 흘려 깎고 있는 그, 필리핀 아내와 저녁을 무서워하는 딸아이를 둔 그─. 아아, 그러나 "웃음만으로 세상이 어찌 환해질 수 있겠는가?" 부유함의 성채는 더욱더 까마득 하고, 가난은 더욱더 처절한 절망감으로 가득차 있게 된다. 산다는 것은 무섭고 두려운 일이고, 모든 환한 웃음들을 다 잡아 먹는다.

느티나무는 영세한 자영업자인 1인 볼트 공장 사장의 꿈 나무이고, 이 느티나무는 최병근 시인의 동병상련의 정으로 더욱더 굳고 튼튼하게 자라난다. "나는 처음 보았다"는 것은 기적이고, 그것은 "느티나무가 수만의 푸른 눈동자로/ 그의 볼트 공장 지붕 그늘을 완성한/ 한여름 그 오후를" 이라구 시구로 나타난다.

「느티나무가 있는 풍경」은 최병근 시인의 동병상련의 정이 피워낸 풍경이며, 이 세상을 아름답고 풍요롭게 보려는 그의 마음의 풍경이라고 할 수가 있다. 최병근 시인은 오백 년 느티나무의 수목신화를 창출해 내고, 그 수만의 푸른 눈동자로 1인 볼트 공장 사장과 세 살 딸아이와 필리핀 아내를 지켜준다. 시적 상상력은 기적의 힘이고, 이 기적의 힘으로 모든 사람들의 가정의 행복과 평화를 지켜준다.

리을리을

배 옥 주

산의 문을 열고 흘러갑니다
열려도 닫혀 있고
닫혀도 열려 있는 의뭉스러움
오름을 내려온 조랑말의 저녁도
한 호흡씩 들어가고
한 호흡씩 나가야 합니다
방목은 풀어놓는 게 아니라 드나드는 것
흙바람도 자모음을 섞으며
모로 누웠다 모로 일어납니다
바람은 쉽게 겹쳐지지 않습니다
새끼 곁을 떠나지 않는
어미의 선한 꼬리질이
한 계절로 들어갔다 한 계절로 나갑니다
구름이 능선의 고삐를 풀어줍니다
산 한 마리, 산복도로에 이끌려 갑니다
갈기를 눕힌 순결한 산맥이
리을리을 흘러갑니다
리을리을
평지로 흘러갑니다

하늘과 땅, 산과 강, 육지와 바다 등은 경계가 없고, 그 어
떤 생명체도, 비 생명체도 생물학적이나 화학적으로 한 가

족이 아닌 것이 없다. 모든 산은 바다에 뿌리를 두고 있고, 모든 바다는 산에 그 기원을 두고 있다. 모든 생명체는 먼지이고 티끌이며, 잠시 잠깐 이 세상에 형체를 띠고 나타났다가 먼지와 티끌로 흩어져 되돌아간다. 이것과 저것의 경계도 없고, 모든 것이 하나이면서도 매우 다양한 여러 풍경들로 나타났다가 사라져 간다.

산은 문도 없고, 입산금지의 팻말을 들고 있지도 않다. 산의 문은 언제, 어느 때나 열려 있고, 산의 문은 언제, 어느 때나 닫혀 있다. 산과 내가 하나가 되면 산의 문은 열려 있는 것이고, 산과 내가 분리되면 산의 문은 닫혀 있는 것이다. 산의 문은 존재하면서도 존재하지 않는 것이고, 산의 문은 존재하지 않으면서 존재하지 않은 채로 존재한다. 그러니까 산의 문을 열고 들어서는 시적 화자가 그 주체성을 상실하고 「리을리을」의 시적 흐름에 그 몸을 맡기고 있는 것이다.

오름은 지구의 허파이며 숨구멍이고, 이 오름에서 살아가는 조랑말도 "한 호흡씩 들어가고/ 한 호흡씩 나가지" 않으면 안 된다. 방목은 조랑말과 인간의 삶의 방식이며, 이 자유는 무질서의 그것이 아니라 산의 문을 드나들고, 산의 오름을 오르내리는 것이다. "흙바람도 자모음을 섞으며/ 모로 누웠다 모로 일어"나고, "바람은 쉽게 겹쳐지지 않"는다. 왜냐하면 흙바람은 시간이고 자연의 질서이며, 모든 생명체의 운명이기 때문이다. 생명은 단 한번뿐인 생명이며, 영원불멸의 삶을 살거나 예수의 부활처럼 되살아나지는 않는다.

배옥주 시인의 「리을리을」은 한글의 네 번째 자음인 'ㄹ'

의 총체가 아니라 자연의 풍경이며, 시간의 흐름이고, 모든 생명체들의 삶의 모습이라고 할 수가 있다. "새끼 곁을 떠나지 않는/ 어미의 선한 꼬리질이/ 한 계절로 들어갔다 한 계절로 나"가고, 구름이 모든 생명체들의 고삐를 풀어준다. 산 속의 길인 산복도로가 모든 생명체들을 인도하는 것이 아니라, "산 한 마리"가 산복도로에 이끌려 간다. 이때의 산복도로는 사실 그대로의 산복도로가 아니라 이 세상의 자연의 질서인 산복도로라고 할 수가 있다. 존재하지 않으면서 존재하는 산의 문, 존재하니까 존재하지 않는 산의 문, 존재하지 않으면서 존재하는 산복도로, 존재하니까 존재하지 않는 산복도로―, 이 산복도로가 "산 한 마리"를 이끌고 가니까, "갈기를 눕힌 순결한 산맥이/ 리을리을 흘러"가고, 그리하여, 마침내 "리을리을/ 평지로 흘러"간다.

배옥주 시인의 「리을리을」은 한글의 자음인 'ㄹ'이고, 「리을리을」은 한자의 새을乙이다. '리을리을'은 자연의 순리이고, 시간의 흐름이고, '리을리을'은 모든 생명체들의 삶의 모습이자 그 풍경이다. '리을리을'은 춤이고, 춤은 이 세상의 기쁨이자 행복이다. '리을리을'의 주인공은 어진 현자(시인)이고, 어진 현자는 즐겁고 기쁘게 오래오래 산다.

배옥주 시인의 「리을리을」은 우주이고, 도이며, 대서사시적인 아름다움의 총체이다.

D-day

백　지

노벨문학상이 발표되던 날,
엄마는 채식주의자*를 건네주셨다
학교 도서관의 도서 폐기 목록에서 본 적이 있었지만
엄마는 늘 선생님 말씀을 잘 들으라고 했다

엄마를 믿어도 될까?

사냥개의 다큐멘터리를 보던 날,
엄마는 토끼를 쫓는 사냥개를 보고 잔인하다 했다
엄마랑 돼지고기를 불판에 구워 먹는 중이었는데
사냥개와 나, 둘 중 누가 더 잔인한지 헷갈렸다

시험문제를 풀 때마다 답지는 반쯤 찢어져 있었고
찢어진 답지를 찾아 엄마의 꿈속에서 늘 헤매고 다녔다
꿈을 깨도 하루 종일 다리가 아팠는데
엄마는 책상에 오래 앉아 있을 수 있어서 다행이라고 했다

나는 언제까지 다리가 아파야 할까?

* 한강 소설

한강의 소설 「채식주의자」는 2016년 영국에서 맨부커상

을 수상하고, 2024년 한국문학사상 최초로 노벨상을 수상하게 만든 출세작이지만, 그러나 그 소설은 육식의 잔인성을 거부하고 '자연으로 돌아가라'는 어떤 영적인 계시를 받아 적은 것이라고 할 수가 있다. 따지고 보면 너무나도 평범하고 보편적인 여성이 잡식성의 인간을 거부하고 채식주의를 고집한다는 것은 모든 인간 관계의 파괴와 그 가치관을 전도시킨 것이라고 할 수가 있다. 왜냐하면 인간이 인간의 천성인 잡식성을 거부하고 채식주의자로서만 살아간다는 것은 도저히 불가능한 것이고, 그래서 『채식주의자』의 주인공은 너무나도 잔인하고 끔찍하며 수많은 심리 사회적인 갈등을 야기한 채, 그 비극적인 파멸로 끝나게 된 것이다.

백지 시인의 「D-day」는 새로운 제국의 신호탄이며, 그 노래라고 할 수가 있다. 젊어서 굳세지 못하면 평생을 후회하듯이, 'D-day'는 행동개시일이며, 두 번 다시 되돌이킬 수 없는 역사적인 기념일이라고 할 수가 있다. 때는 한강이 '노벨문학상 수상자'로 발표되던 날이었고, 엄마는 한강의 고귀하고 위대한 업적에 고무되어 『채식주의자』를 건네주었던 것이다. 이 세상의 모든 엄마들이 그렇듯이, 엄마는 입신출세주의자이며, 그래서 그 딸에게 『채식주의자』를 사서 건네주었던 것이다. 엄마가 한강의 『채식주의자』를 건네준 것은 단순한 선물이 아닌 강요이고 은근한 명령이었던 것이고, 따라서 시적 화자인 '나'의 반발을 불러일으켰던 것이다. 한강의 『채식주의자』는 학교 도서관의 폐기목록에 지나지 않았지만, 그러나 그의 노벨상 수상 소식으로 인하여 필독서가 된 것이라고 해도 과언이 아니다. 엄마가 한강의 『채식주의자』가 인간의 육식성(잔인성)을 거부하고 '자연으로 돌아가라'는 생명 존중의 외침이라는 것을 알 리도 없고, 또한, 우리 인간들이 한강의 외침과 그 주장대로 잡식성 동물임을 포기할 수 없다는 것을 알 리도 없다. "엄마는 늘 선생님 말씀을 잘 들으라고 했"지만, 그러나 "엄마를 믿을" 수도 없었다. 왜냐하면 엄마는 『채식주의자』의 문학성이나 사상 따위보다는 너도 부지런히 공부하고 글을 써서 한강처럼 출세하라는 입신출세주의자에 지나지 않았기 때문이다.

도대체 엄마는 엄마이고, 나는 엄마를 믿을 수가 없다. 내가 한강의 『채식주의자』를 읽고 한강처럼 노벨상을 탈 수도 없지만, 그렇다고 잡식성 동물인 내가 살생을 포기할 수도 없는 것이다. 어느 날 "사냥개의 다큐멘터리를 보던 날/엄마는 토끼를 쫓는 사냥개를 보고 잔인하다 했"지만, 그때는 "엄마랑 돼지고기를 불판에 구워 먹는 중이었"고, "사냥개와 나, 둘 중" 어느 "누가 더 잔인한지 헷갈렸"던 것이다. 우리 인간들은 물론이고, 모든 생명체는 먹이사슬의 법칙에 따라 움직이고 있으며, 어느 누구도 이 먹이사슬의 법칙에서 자유로울 수는 없는 것이다. 채식동물은 채식동물다워야 하고, 육식동물은 육식동물다워야 하는 것이고, 잡식동물은 잡식동물다워야 하는 것이다. 모든 먹이 활동은 생명이 생명을 먹는 것이고, 따라서 만물 평등의 법칙에 따라 심심풀이로, 또는 미식취향으로 함부로 살생을 하면 안 되는 것이다. 사냥개가 잔인하다면 돼지고기를 먹는 엄마도 잔인한 것이고, 엄마가 잔인하다면 그 딸인 나도 잔인한 것이다.

'나는 신성모독을 범한다, 고로 존재한다.' 신성모독은 이 세상에서 가장 고귀하고 거룩한 사상이며, '아버지(신) 살해'는 문화의 원동력이자 새로운 제국의 신호탄이라고 할 수가 있다. 백지 시인의 「D-day」는 새로운 제국의 신호탄이며, '아버지(어머니) 살해'의 진수라고 할 수가 있다. "시험문제를 풀 때마다 답지는 반쯤 찢어져 있었고/ 찢어진 답지를 찾아 엄마의 꿈속에서 늘 헤매고 다녔다." 엄마는 늘, 항상, 선생님 말씀 잘 듣고 시험 문제도 잘 풀고, 한강처럼 출세하라고 강변하지만, 그러나 그것은 엄마의 소망일 뿐, 내 인생의 꿈일 수는 없었던 것이다. 학교 교육과 그 교육의 시험제도에 늘, 불만을 품고 의심의 눈초리를 버리지 못한 '나'는 드디어 그 모든 학교의 교육과 엄마의 가치관을 전복시키고 찢어버리고자 했던 것이다.

백지 시인의 「D-day」는 '혈연'이 '악연'으로 변모되는 '문제아의 시'이며, 모든 천재는 부모형제와의 인연을 끊고, 모든 가치관을 파괴해야 한다는 사실을 증명해주고 있는 시라고 할 수가 있다. 「D-day」의 엄마와 딸은 혈연 관계이지만, 그러나 이 모녀의 관계가 악연의 관계로 전도된 것은 엄마의 길과 딸의 길은 영원히 화해할 수 없는 정반대의 길이었기 때문이다. 엄마는 엄마의 입장에서 모든 면에서 자비롭고 친절한 엄마이고자 했지만, 그러나 그 엄마의 자비롭고 친절한 손길은 딸의 앞날에 재를 뿌리고, 엄마의 소망과 엄마의 울타리 안에 딸을 가두어 두려는 족쇄의 손길에 지나지 않는다. 새로운 신전이 세워지기 위해서는 수많은 신전이 파괴되어야 하듯이, 동시대의 반항아이자 파렴치한이 되지 않으면 자기 자신의 삶이 없게 된다. 백지 시인의 「D-day」는 엄마와 딸의 갈등이 가장 날카롭고 예리하게 묘사되고 있는 데, 첫 번째는 한강의 『채식주의자』를 둘러싼 입신출세의 문제이고, 두 번째는 토끼를 쫓는 사냥개와 돼지고기를 먹는 나의 잔인성을 둘러싼 문제이고, 마지막으로 세 번째는 학교 교육의 문제라고 할 수가 있다. "시험문제를 풀 때마다 답지는 반쯤 찢어져 있었고/ 찢어진 답지를 찾아 엄마의 꿈속에서 늘 헤매고 다녔다"는 것은 이 세상의 학교 교육에서는 엄마와 선생님이 제시하는 모범생, 즉, 이 세상의 '어중이-떠중이의 길'만이 있었지, 새로운 제국의 주인공인 '나의 길'은 없었다는 것을 뜻한다.

백지 시인의 「D-day」는 엄마와 학교 교육에 대한 선전포고이며, "꿈을 깨도 하루 종일 다리가 아팠는데/ 엄마는 책상에 오래 앉아 있을 수 있어서 다행이라고 했다"라는 시구에서처럼, 엄마와 학교 교육에 대한 전면적인 거부이자 항거라고 할 수가 있다. 왜냐하면 엄마와 학교 교육은 두 다리가 멀쩡한 아이의 꿈과 자유를 빼앗고 그 아이를 앉은뱅이로 만드는 교육이며, 이 불구자들을 영원히 엄마와 학교 안에 가두려는 '족쇄교육'이기 때문이다. 소크라테스가, 플라톤이, 데카르트가, 칸트가 모범생이었던 적이 있었고, 프로이트가, 니체가, 뉴턴과 아인시타인이 모범생이었던 적이 있었던가?

언제, 어느 때나 천재는 기존의 도덕과 법률과 역사적 울타리를 뛰쳐나간 혁명가이고, 모든 모범생들은 울타리 밖의 세상이 너무나도 무섭고 두려워 제 집만을 지키고 있는 개들을 말한다. 모든 천재들이 영원한 반항아이자 혁명가인 까닭이 여기에 있는 것이다. "나는 언제까지 다리가 아파야 할까?" 아니, 우리는 언제, 어느 때나 너무나도 건강

하고 튼튼한 두 다리로 넓이뛰기와 높이뛰기를 좋아하지 않으면 안 된다.

　모든 부모형제와 학교의 선생님들이 해야 할 일은 전인류의 스승들의 책을 읽게 하고 그 책을 통하여 시간과 공간을 초월하여 전인류의 스승들과 대화를 하며, 자기가 자기 자신만의 길을 찾아갈 수 있도록 천재교육의 장을 마련해주는 것이라고 할 수가 있다. 흑인, 백인, 동양인, 기독교인, 이슬람교인, 불교인, 힌두교인 등, 남녀노소와 인종과 계급과 문화적 차이가 있듯이, 우리 인간들은 자기 자신이 딛고 선 역사와 전통을 올바로 인식하고, 그 모든 종교와 도덕과 교육과 문화적 함정을 뛰어넘어 오직 자기 자신의 길만을 걸어가게 하지 않으면 안 된다.

둥지 속 세상

한 성 환

후드득
둥지로 날아든 개개비
주둥이에 가득 물고
새끼들 먹이려는데
어, 어
작은 것들아
모두 어디로 갔니
개개 개개 개개객
삐비이 비비비
쩍 벌린 큰 놈 입에
몽땅 밀어 넣고
그냥 운다

저 너머
숲속에 둥지가 없어
내가 지은 둥지가 없어
네 집에 맡겨 둔 새끼
뻐꾹뻐꾹
뻐뻐꾹 뻐꾹
뻐꾸기가 운다
남의집살이 내 새끼
눈치 보지 않고

잘 살고 있는지

　　아무 생각 없이

　　그냥 운다.

　　개개비는 참새목 휘파람새과이며, 중국과 한국과 일본 등지에서 번식하고, 비번식기에는 동남아로 떠나는 대표적인 여름철새라고 한다. 크기는 약 17cm에서 18cm 정도이고, 4월 중순부터 날아와 번식하고 10월 중순까지 관찰된다고 한다.

　　뻐꾸기는 두견목 두견과에 속하며 그 크기는 약 30cm에서 33cm 정도이고, 해마다 한국에 찾아오는 아주 흔한 여름철새이다. 뻐꾸기의 산란기는 5월 하순에서 8월 상순까지이며, 다른 새(개개비, 멧새, 노랑때까치, 붉은뺨멧새 등)의 둥지마다 1개씩의 알을 낳는다. 한 마리의 암컷이 12 개에서 15개까지 알을 12개에서 15개의 둥지에 낳으면 10일에서 12일 사이에 부화되어 다른 알들을 밀어내고 20일에서 23일간 다른 새의 먹이를 받아먹고 자란 후 그 둥지를 떠난다.

　　한성환 시인의 「둥지 속의 세상」은 요지경 속의 세상이며, 서로 다른 두 개의 이야기가 그 어미새의 한으로 변주되고 있다고 할 수가 있다. "후드득/ 둥지로 날아든 개개비/ 주둥이에 가득 물고/ 새끼들 먹이려는데/ 어, 어/ 작은 것들아/ 모두 어디로 갔니"라는 시구는 자기 자신의 새들이 몽땅 사라진 것에 대한 놀라움을 뜻하고, "개개 개개 개개객/ 삐비이 비비비/ 쩍 벌린 큰 놈 입에/ 몽땅 밀어 넣고/ 그냥 운다"라는 시구는 그냥 얼떨결에 자기 자신의 새끼에게 먹일 먹이를 뻐꾸기 새끼에게 먹여야만 하는 개개비의 슬픔을 뜻한다.

이에 반하여, "저 너머/ 숲속에 둥지가 없어/ 내가 지은 둥지가 없어/ 네 집에 맡겨 둔 새끼/ 뻐꾹뻐꾹/ 뻐뻐꾹 뻐꾹/ 뻐꾸기가 운다"라는 시구는 자기 자신의 집이 아닌 남의집에 새끼를 맡긴 뻐꾸기의 슬픔을 뜻하고, "남의집살이 내 새끼/ 눈치 보지 않고/ 잘 살고 있는지/ 아무 생각 없이/ 그냥 운다"라는 시구는 자기 자신이 손수 키우지 못하고 개개비에게 양육을 맡긴 뻐꾸기의 슬픔을 뜻한다.

개개비는 키와 몸집이 작고, 뻐꾸기는 키와 몸집이 크다. 개개비는 집을 잘 짓고 새끼들을 잘 기르고, 뻐꾸기는 집을 짓지 못하고 새끼들을 잘 기르지 못한다. 개개비는 외부의 침입자에게 살육과 약탈을 당하는 피해자이고, 뻐꾸기는 남의집에 침입하여 알을 낳고 그 자식들을 죽이며, 그 피해자의 노동력과 그 모든 것을 다 착취하는 가해자이다. 개개비는 원주민이며 모든 것을 다 빼앗긴 노예와도 같고, 뻐꾸기는 제국주의자이며, 개개비의 영혼과 육체를 다 유린한 서양의 기독교인들과도 같다.

개개비와 뻐꾸기는 천적과 천적, 혹은 노예와 주인의 관계와도 같지만, 한성환 시인의 「둥지 속의 세상」을 따라가 보면 상호 공생공존하며 서로가 서로의 먹이사슬의 구조 속에서 그 역할들을 충실히 수행하는 고행자들과도 같다. 먹는 자가 있으면 먹히는 자가 있고, 빼앗긴 자가 있으면 빼앗는 자가 있다. 어떤 때는 절대 강자가 절대 약자가 되고, 어떤 때는 절대 약자가 절대 강자가 된다. 예컨대 사자와 호랑이와 고래와 코끼리마저도 늙고 병 들면 한 마리의 파리와 모기와 구더기들을 이기지 못하고, 그저 속수무책으로 한없이 뜯어 먹히는 생명체가 될 수밖에 없는 것이다. 개개비와 뻐꾸기의 임무는 이 세상에서 가장 중요한 과업인 종족의 번식의 임무를 수행하는 것이고, 그 두 번째는 서로가 서로에 대한 원한 맺힌 저주 감정없이 먹이사슬의 구조에 순응하며 서로간에 공생공존하는 것이다.

한성환 시인의 「둥지 속의 세상」은 요지경 속의 세상이며, 그 모든 것이 신비이지만, 그러나 이 세상의 삶은 더없이 슬프고 고통스럽다는 것을 가장 압도적으로 인식시켜 준다. 개개비는 자기 새끼들을 다 죽여버린 뻐꾸기의 새끼들을 어쩔 수 없이 양육해야 한다는 것이고, 뻐꾸기는 어쩔 수 없이 떠돌이-나그네들(유목민들)처럼 자기 자신의 새끼들을 남의집살이를 시켜야 한다는 것이다. 개개비가 더 슬프고 고통스러운 것일까? 뻐꾸기가 더 슬프고 고통스러운 것일까? 이 질문 앞에서 한성환 시인은 판단중지가 아닌, 이 질문들을 다 무력화시키며, 개개비와 뻐꾸기의 슬프고 고통스러운 삶을 부각시킨다.

산다는 것은 남의 새끼를 키운다는 것이고, 산다는 것은 남의 새끼를 죽인다는 것이다. 산다는 것은 슬프고 고통스러운 것이고, 산다는 것은 다만 속절없이 울고, 또 운다는 것이다.

모든 시는 울음이고, 이 울음이 우리 인간들의 노래라고 할 수가 있는 것이다.

말의 즙

정 해 영

처음 그 말을 들었을 때
입안에 들어온 딱딱하고 거칠은
이물질 같아 내 뱉고 싶었다

넘길 수 없는 말

입속에 넣고 혀끝으로
오래 굴렸다

녹인다는 것은
둥근 모양으로 어루만지는 일

울퉁불퉁 거친 것을 받아
부드럽게 넘기는 법은
어릴 적
사탕을 먹으면서 알았다

굴릴수록 단맛이 난다
그 말에서 나오는
즙인가

어느새

말이 넘어 간다

돌을 삭이듯
녹여 먹는 말
며칠 혹은 몇 백 년이
걸린다 해도

즙이 된 말은
역사를 바꾸기도 한다

　인간은 사회적 동물이고, 말은 우리 인간들의 정치, 경제, 사회는 물론이고, 모든 도덕과 법률의 근본질서라고 할 수가 있다. 말은 대동맥이고 실핏줄이며, 말은 두뇌이고 심장이며, 말은 인간의 영혼과 육체까지도 지배를 한다. 말은 사회적 약속이고, 이 사회적 약속에 따라 우리 인간들의 삶과 행동양식이 결정된다.

　고귀하고 위대한 것은 고귀하고 위대한 인물에 의해 결정되고, 더럽고 추한 것은 더럽고 추한 인물에 의해 결정된다. 인간은 이기적 동물인데, 왜냐하면 자기 보존이 그 무엇보다도 우선하기 때문이다. 하지만, 그러나 사회적 동물은 이타적일 수밖에 없는데, 왜냐하면 자기 자신을 희생하지 않으면 공동체 사회는 유지될 수가 없기 때문이다. 개인의 이익과 공동체 이익은 이기심과 이타심, 즉, 개인주의와 사회주의로 대립을 하게 되고, 이 대립 갈등을 통하여 공동체의 운명이 결정된다.

　성스러울 정도로 어리석은 인간이 있다는 말도 있다. 고귀하고 위대한 인물은 언제, 어느 때나 자기 자신의 이익을 거절하고 공동체의 행복을 위해 헌신을 하며, 그 고귀하고 위대한 희생정신에 의하여 수많은 사람들이 '한마음-한뜻'이 되어 행복하게 살아간다. 이에 반하여, 더럽고 추한 인물은 성자의 탈을 쓰고 인간의 마음과 육체를 유린하고 공동체 사회 전체를 불행에 빠뜨리게 된다. 이 더럽고 추한 인물들을 대청소하는 방법은 사랑이 담긴 말, 믿음이 담긴 말, 자유로운 말들을 사용하며 '만악의 근원'인 이기심을 제거하는 데 있다고 할 수밖에 없다. 어떤 국가가 최고의 국가인가, 아닌가는 그 사회의 구성원들이 고귀하고 위대한 인물들을 얼마만큼 배출해냈느냐에 달려 있다고 하지 않을 수가 없다.

인간의 타고난 성격과 취향, 육체의 건강과 좋아하는 말과 좋아하지 않는 말들은 천차만별이며, 이 다양성과 모순성이 어느 국가와 그 구성원들의 운명을 결정한다고 할 수가 있다. 이 다양성과 모순성을 변증법적으로 극복하고 상호 균형과 조화를 이루면 일등국가가 될 것이고, 그렇지 못하면 삼류국가로 전락하여 이민족의 지배를 받게 될 것이다. 말에도 독이 있고, 우리는 이 독을 적절하게 제거하지 않으면 크나큰 병을 앓거나 사회적인 혼란을 겪지 않을 수가 없게 된다. 남녀간의 사랑의 말도 계급 차이로 인하여 불쾌하게 들릴 수도 있고, 친절과 자비의 말도 때로는 더없는 치욕과 수치심을 안겨줄 수도 있다. 병역의무와 납세의무도 소름 끼치게 싫은 말일 수도 있고, 시도 때도 없이 울려 퍼지는 이웃사랑과 만인평등의 말도 더없는 강제와 강요의 말처럼 들릴 수도 있다. 말은 천변만화는 약효와 독성을 지니고 있으며, 그 역사적인 시기와 장소와 때에 따라서 똑같은 말이 '약'과 '독약'으로 다르게 나타날 수도 있다.

정해영 시인의 「말의 즙」은 '말의 찬가'이며, 말의 독을 제거하고 그 말의 참맛을 즐기는 대가의 진면목을 유감없이 드러내어 보여준다. "처음 그 말을 들었을 때/ 입안에 들어온 딱딱하고 거칠은/ 이물질 같아 내 뱉고 싶었다"는 것은 나의 귀에 거슬리고 내가 소화시킬 수가 없을 것 같았다라는 것을 뜻하고, 따라서 그 "넘길 수 없는 말"을 "입속에 넣고 혀끝으로/ 오래" 굴릴 수밖에 없었다는 것을 뜻한다. "녹인다는 것은/ 둥근 모양으로 어루만지는 일"이고, "울퉁불퉁 거친 것을 받아/ 부드럽게 넘기는 법은/ 어릴 적/ 사탕을 먹으면서 알았"던 것이다. 그 말은 거칠고 딱딱하고 내가 곧바로 삼킬 수가 없는 말이었지만, 그러나 그 말의 참뜻과 그가 던진 말의 의미를 이해하자, 곧바로 그 말은 단맛이 나고 내가 소화시킬 수 있는 사랑의 말이 되었던 것이다.

시인과 철학자의 사명은 말을 창조하고 말의 독을 제거하여 그 말을 수많은 사람들이 재배하고 말의 주식으로 삼게 하는 데 있다고 할 수가 있다. 이 세상에 말의 재배만큼 쉽고 간단한 것도 없고, 이 세상에 말의 재배만큼 어렵고 힘든 것도 없다. 우리는 쌀과 빵보다도 말을 주식으로 삼으며, 이 말의 향기와 말의 즙과 말의 영양가로 살아간다. "굴릴수록 단맛이" 나는 말, "돌을 삭이듯/ 녹여 먹는 말", "며칠 혹은 몇 백 년이/ 걸린다고 해도" 포기할 수 없는 말의 즙―, 요컨대 인류의 역사는 말의 역사이며, 모든 시는 말의 찬가라고 하지 않을 수가 없다.

정해영 시인의 「말의 즙」은 말의 영양가이고, 말의 맛이고, 말의 향기이며, 우리가 말을 먹고 말의 농장에서 말의 놀이와 그 향기로 살아가고 있다는 것을 증명해준 이 세상의 삶의 찬가라고 할 수가 있다.

정해영 시인의 근본신조는 말을 창조하고 말의 독을 제거하여, 우리 한국어의 아름다움으로 우리 한국인들의 건강과 행복을 창출해내는 데 있다고 할 수가 있다.

시인은 앎을 창출해내고 그 앎을 실천하며, 그 앎과 행동의 일치를 통하여 이 세상 그 어느 것보다도 아름다운 시를 창출해낸다.

애지문학회

지혜사랑 시인선 『D-day』(백지 외)는 애지문학회 회원들의 열아홉 번째 사화집 ─ 『나비, 봄을 짜다』, 『날개가 필요하다』, 『아. 공중사리탑』, 『버거 씨의 금연캠페인』, 『떠도는 구두』, 『능소화에 부치다』, 『엇박자의 키스』, 『고고학적인 악수』, 『혁명은 민주주의를 목표로 하는가』, 『유리족의 하루』, 『버려진다는 것』, 『어떤 비행飛行』, 『도레미파, 파, 파』, 『굴뚝꽃』, 『문어文魚』, 『마당에 호랑이가 산다』, 『북극항로』, 『멸치, 고래를 꿈꾸다』에 이어서 ─ 이 된다.

김평엽, 강익수, 조숙진, 성재봉, 이병연, 최병근, 김정원, 박설하, 김길중, 김혁분, 허이서, 이희석, 김명이, 김재언, 최윤경, 현상연, 배옥주, 김행석, 이영선, 백지, 이미순, 사공경현, 백승자, 임덕기, 김은정, 강수정, 한성환, 황금비, 유계자, 송승안, 김용칠, 정해영 등의 32명 회원들과 이미산, 김보나, 권기선, 권선옥, 반칠환, 박분필, 김종규, 오윤경, 우정인, 함민복 등 10명의 초대시와 반경환 명시감상 5편을 실었다.

애지문학회 회원들은 서정시를 쓰는 시인도 있고, 자유시를 쓰는 시인도 있다. 정신분석학적인 측면에서 시를 쓰는 시인도 있고, 자연과학적인 측면에서 시를 쓰는 시인도 있다. 낙천적인 시인도 있고, 회의적인 시인도 있다. 저마다 제각각 사상과 취향이 다르지만, 그러나 모두가 다같이 우리 인간들의 행복한 사회를 꿈꾸며, '시인만세'인 시세계를 열어나간다.

이메일   ejisarang@hanmail.net

애지문학회 제19집

D-day

발   행   2025년 3월 30일
지 은 이   백지 외
펴 낸 이   반송림
편집디자인   반송림
펴 낸 곳   도서출판 지혜, 계간시전문지 애지
기획위원   반경환
주   소   34624 대전광역시 동구 태전로 57, 2층 도서출판 지혜
전   화   042-625-1140
팩   스   042-627-1140
전자우편   eji@ji-hye.com
               ejisarang@hanmail.net
애지카페   cafe.daum.net/ejiliterature

ISBN   979-11-5728-564-8   03810
값   12,000원

* 이 사업은 대전광역시, (재)대전문화재단에서 사업비 일부를 지원 받았습니다.